Les Chevaliers de la Table ronde

Un mythe européen

DU MÊME AUTEUR EN LIBRIO

L'amour courtois et la chevalerie, n° 641

Les Chevaliers de la Table ronde

Un mythe européen

Textes traduits et présentés par Estelle Doudet

Librio

Introduction

LA TABLE RONDE, UNE LÉGENDE EUROPÉENNE

Au commencement, il y eut Arthur. Ce personnage historique vécut au milieu du VIe siècle après J.-C., à l'époque où l'Angleterre christianisée subissait les invasions nordiques. *Ambrosius Arturus*, chef de clan anglo-romain, réunit des troupes pour repousser les raids saxons qui désolaient le sud de l'île. Sa victoire à la bataille du Mont Badon, en 516, enraya pendant quelques dizaines d'années l'inexorable avancée de ses adversaires. Il mourut au combat vers 537. L'Angleterre devint anglo-saxonne. Le souvenir de cette résistance perdura pourtant dans les mémoires. Les historiens conservèrent le nom d'Arthur dans leurs archives. Au IXe siècle, la compilation de Nennius, le plus ancien texte historique qui nous soit parvenu sur l'île, le mentionne, comme les *Annales de Cambrie* rédigées vers l'an mil.

Il faut peu de temps, sans doute, pour que, dans l'espace celtique, réunissant l'Irlande, le Pays de Galles, la Cornouaille et l'Armorique, l'histoire d'Arthur ne devienne un mythe. Les bardes intègrent le personnage dans les légendes locales. Le chef de guerre se transforme en un roi prestigieux, rempart de l'Angleterre et protecteur de son peuple. Les écrivains lui inventent des compagnons : ainsi de Caïus, probable général romanisé du VIe siècle, sur lequel on ne sait rien, mais qui devient dans la fiction le fidèle Kaï, avant d'être le Keu de Chrétien de Troyes ; ainsi de Merlin, chef de tribu écossais d'une période postérieure à Arthur. De ces figures réelles mais oubliées, sans aucun lien les unes avec les autres à l'origine, les poètes celtiques, du VIIe au Xe siècle, vont faire des héros fictifs : Arthur le roi et Merlin le druide, et autour d'eux des guerriers impavides, une cour magnifique, un royaume situé dans un espace-temps mythique. Dans le conte gallois *Culhwch and Olwen*, datant probablement du XIe siècle, le jeune Culhwch, amoureux de la belle Olwen, fille du chef des Géants, se rend à la cour de son oncle Arthur et appelle à son aide les nombreux guerriers qui s'y trouvent. Cette communauté de braves peut être considérée comme une première esquisse de la Table ronde, même si aucune table n'est mentionnée dans le texte. D'autres contes irlandais contemporains, comme le *Layamon*, rapportent cependant la présence de tables qui permettaient à l'aristocratie de se réunir autour des chefs et évitaient les querelles de préséance.

Un événement politique fait sortir ces légendes de l'espace celtique : en 1066, l'Angleterre est envahie par les troupes de Guillaume le Conquérant. Le duc normand y établit une dynastie et une aristocratie francophones. Les contacts culturels se resserrent entre l'île et le continent. Au début du XIIe siècle, le mariage d'Henri II Plantagenêt et d'Aliénor d'Aquitaine, ancienne reine de France, fait de la cour anglaise un pôle culturel central de l'Europe. De nombreux intellectuels et écrivains français traversent la Manche et découvrent la richesse des littératures insulaires. Ils s'en inspirent pour renouveler le roman de leur époque. La « matière de Bretagne », c'est-à-dire la mythologie des Celtes, concurrence désormais, dans la faveur du public, la légende de Charlemagne ou les histoires issues de l'Antiquité grecque et latine. Le personnage d'Arthur est particulièrement privilégié. En effet Henri II cherche à établir la légitimité de sa lignée ; le roi parfait qu'est Arthur est un moyen d'unir l'intérêt culturel à la propagande politique en faveur de la nouvelle royauté anglaise.

Arthur et ses compagnons ont une autre séduction : le public occidental de cette époque aime les romans historiques où se mêlent la vérité et la fiction, les souvenirs d'époques passées et les pays imaginaires. C'est donc un historien, Geoffroy de Monmouth qui, dans sa latine *Historia Regum Britanniae* en 1138, développe le thème du royaume d'Arthur, en tissant habilement les renseignements historiques et la pure invention. Le Normand Wace traduit et adapte cet ouvrage dans le *Roman de Brut :* il fait de la cour arthurienne une société féodale parfaite, où les visiteurs de Carduel, capitale royale, peuvent rencontrer le sénéchal Keu, Gauvain, neveu préféré d'Arthur et le roi lui-même. Là se dresserait la Table ronde, qui, pour Wace, symbolise l'union politique des vassaux et de leur seigneur, dans une égalité idéale qui fait rêver un public habitué à une société fortement hiérarchisée. La Table fait ainsi son entrée dans la littérature française.

Les inventions de Chrétien de Troyes

La matière de Bretagne trouve sa pleine expansion sous la plume du plus grand écrivain de son temps, Chrétien de Troyes. Celui-ci, de 1170 à 1190, transforme les quelques personnages connus en un univers complexe et cohérent. Il introduit d'autres héros comme Lancelot du Lac, fiction d'origine armoricaine inconnue des textes arthuriens primitifs. Il s'inspire de la légende irlandaise de *Tristan et Iseut* que vient d'adapter en français son contemporain Béroul pour en faire le modèle des amours adultères de Lancelot et de la reine Guenièvre, femme d'Arthur. Vers 1190, dans sa dernière œuvre, *Le Conte du Graal*, il lance le thème du mystérieux Graal. Cette œuvre inachevée et énigmatique est à la source d'une véritable mode qui se répand sur l'Europe entière. Trois continuations différentes sont écrites par des anonymes français dans la trentaine d'années qui suivent la mort de Chrétien. *Le Roman de Jaufré* introduit le thème dans la littérature occitane. Les écrivains anglais, proches des sources légendaires, mêlent, comme dans le *Perlesvaus*, les inventions de Chrétien aux traditions populaires de l'espace celtique. En Allemagne, Wolfram von Eschenbach adapte le roman de Chrétien dans *Parzival*, en y ajoutant des éléments ésotériques d'origine orientale.

Au gré des imaginations des écrivains, les compagnons d'Arthur se modifient ; leur nombre augmente, chaque pays ou région souhaitant y ajouter un personnage. On comprend alors que le nombre de sièges à la Table ne soit jamais fixé par les auteurs médiévaux : cela restreindrait les possibilités d'inventer de nouvelles aventures. Le thème de la Table ronde est un moyen efficace pour enrichir la tradition : c'est près d'elle que les romans commencent ; c'est autour d'elle qu'ils finissent. La mode arthurienne connaît son apogée entre 1170 et 1250. Elle unifie les littératures européennes, leur permettant de communiquer les unes avec les autres, tout en affirmant leurs différences.

Les croisades des XIIe et XIIIe siècles ont une influence décisive sur la matière de Bretagne. Il faut refléter dans les romans les combats pour la foi qui se déroulent en Terre Sainte. À l'univers merveilleux et courtois de Chrétien de Troyes se substitue une quête de Dieu. L'aventure « terrienne » de Gauvain et de Lancelot cède à la chevalerie « célestiale » de Perceval et de Galaad. Vers 1200 le clerc Robert de Boron est le principal artisan de cette transformation : il reprend la légende d'Arthur, y articule le personnage jusqu'ici peu utilisé de Merlin le magicien, met au centre de la quête le mystérieux Graal inventé par Chrétien de Troyes et qui devient le vase qui a recueilli le sang du Christ. La nouvelle orientation chrétienne transforme aussi la Table ronde : l'union des guerriers devient celle des Élus ; la Table se voit dotée d'une nouvelle histoire.

La légende de la Table ronde : une invention du XIIIe siècle

L'histoire de la Table ronde est donc une invention « moderne » des écrivains du XIIIe siècle, qui transforment l'héritage laissé par Chrétien de Troyes. Elle se construit sous deux influences : le platonisme enseigné dans les universités européennes à cette époque ; la présence très forte de la religion chrétienne dans la société féodale.

Le poète du XIIe siècle Béroul, qui a adapté en français l'histoire de *Tristan et Iseut*, est l'un des premiers à donner à la Table ronde du roi Arthur une signification philosophique :

Ja verroiz la Table ronde
Qui tournoie comme le monde.

La circularité de la Table est symbolique. Pour un public intellectuel nourri de la lecture du *Timée* de Platon, livre très diffusé alors, elle représente le monde. Comme lui et comme la voûte céleste, elle est sphérique et d'une forme parfaite ; contrairement à une opinion aujourd'hui répandue, les hommes du

Moyen Âge ne croient pas tous que la Terre est plate. De même que l'univers possède en son centre l'homme, la Table ronde possédera en son centre la source de tout mystère, le Graal. Le lien de la Table ronde et du Graal restant obscur, les écrivains vont employer leur imagination à réunir les différentes légendes dont ils peuvent s'inspirer.

Robert de Boron est le premier à ressentir la nécessité de créer une histoire propre à la Table ronde. Pour que celle-ci soit séduisante, il tente la synthèse de deux sources, la légende celtique et les histoires évangéliques. La Table du roi Arthur est dans *Merlin* une architecture de pierre qui semble en rapport avec le cercle de pierre de Stonehenge et les mégalithes d'Angleterre. La Table, fondée par le magicien, réunit la communauté des bons chevaliers unis pour la défense du pays ; elle a pour propriété de pouvoir elle-même les choisir en les acceptant ou non sur ses sièges. Il s'agit ici d'un souvenir des « pierres qui parlent », tradition populaire inspirée des entassements néolithiques particulièrement nombreux dans l'espace celtique. Il revient à cette « Table parlante » de désigner le héros qui sera seul digne de s'asseoir à la place interdite et de proclamer la fin des enchantements.

Mais ce n'est pas tout : la Table des aventures royales n'a de vertu que parce qu'elle est issue d'une longue lignée de Tables sacrées. Boron et ses continuateurs puisent alors aux sources évangéliques. Ainsi naît vers 1200 le mythe des Trois Tables, pour la première fois développé dans *Joseph*.

La première Table fut celle où le Christ mangea avec ses apôtres lors de la Cène ; c'est la Table de la Rédemption. La seconde Table, inventée par Boron, est la table du Saint Graal. Elle aurait été construite par Joseph d'Arimathie, un compagnon du Christ, dont la légende veut qu'il ait fui en Grande-Bretagne au début de l'ère chrétienne. Il reçoit de Dieu l'ordre de bâtir une Table qui rassemblera les justes. Le haut siège est destiné à Josèphe, le fils de Joseph. Pris de jalousie, certains s'opposent à cette décision et tentent de s'asseoir à sa place. Cette transgression est sévèrement punie : la terre s'ouvre et les engloutit. Ainsi le siège de l'Élu sera appelé le Siège Périlleux. Les romans médiévaux lui inventent des gardiens : Josèphe et son oncle Bron, le Roi Pêcheur, qui conserve le plus beau présent de Dieu, le Graal.

Merlin préside à l'institution de la troisième Table, celle du monde arthurien. Grâce à lui, les aventures des chevaliers ont pour but les secrets du Saint Graal. La troisième Table, comme les deux premières qui forment avec elle la Trinité sacrée, possède un siège interdit. Certains chevaliers d'Arthur veulent l'occuper. Il s'ensuit un tremblement de terre et des enchantements se déclenchent sur le royaume, qui ne prendront fin que lorsque l'Élu trouvera le château du Graal et posera au Roi Pêcheur la question tant attendue. Dans *La Quête du Saint Graal*, l'un des derniers romans médiévaux à ce sujet, Galaad occupe enfin le Siège Périlleux, accomplissant le destin de la Table. Pour les grandes fresques romanesques du XIIIe siècle, la fin des enchantements n'est pas le début d'une histoire heureuse. Le Graal disparu, la Table désormais inutile puisque complétée, le royaume d'Arthur s'écroule.

Au-delà de la fiction : La Table ronde, un modèle culturel européen

La Table et ses aventures ont connu un succès séculaire, car elles ne sont pas seulement une invention ingénieuse ; elles cristallisent aussi un idéal politique et culturel à une époque où l'Europe moderne est en formation.

La Table ronde des romans est d'abord une image de la société féodale telle que la rêvent les hommes du Moyen Âge. Le monde de la fin du XIIe siècle connaît en effet de profonds changements intellectuels. La morale du groupe demeurait prédominante dans les chansons de geste : les Chrétiens combattaient les hérétiques. L'éthique du monde arthurien est individualiste. Ce qui compte est l'accomplissement personnel d'un chevalier qui part seul au-devant des dangers. La prouesse de chacun sera le salut de tous. Deuxième aspect politique : la Table glorifie une élite guerrière dans laquelle le public noble du Moyen Âge aime se retrouver. À la hiérarchie de la société réelle répond dans les romans une égalité rêvée de tous les aristocrates autour d'Arthur. À cette époque, le pouvoir royal, particulièrement en France, prend une ampleur grandissante et inquiète les gouverneurs locaux. Arthur est pour eux l'image du roi idéal, à la fois fondamental et peu encombrant pour ses nobles, car il ne cherche pas à les concurrencer. Il est rare qu'il parte lui-même en quête d'aventure. Il est pourtant le centre où tout revient et où tout prend son sens. On ne peut être fait chevalier que par lui ; on ne peut prouver son courage que loin de lui. Troisième aspect, cette fois, social, de la société édifiée dans les romans : la Table rassemble des guerriers, mais aussi des hommes éduqués. La cour d'Arthur est l'espace de la *fin' amor*, de l'amour courtois ; on y apprend les bonnes manières, l'art de séduire les dames par la poésie, la mesure des passions. Les héros guerriers tirent leur vaillance de l'amour, qu'ils soient des galants séducteurs comme Gauvain ou des amants passionnément fidèles comme Lancelot.

La cour d'Arthur est un lieu de justice. C'est vers elle que viennent les victimes criant vengeance, assurées qu'elles trouveront là un accueil chaleureux et l'aide des guerriers, dont le devoir est de protéger les faibles. La Table toujours ouverte incarne une disponibilité idéale : un roi à l'écoute de son peuple ; des aristocrates ouverts aux doléances des vassaux et prenant leur défense. C'est aussi un lieu d'abondance pour petits et grands. La générosité naturelle d'Arthur est sa principale caractéristique. Monde riche et équilibré, la cour d'Arthur est pour les lecteurs du Moyen Âge une utopie séduisante, un modèle de gouvernement. Mais abondance et stabilité sont toujours articulées à un manque, créateur de désir. Tel est le paradoxe de la Table ronde : lieu où l'on veut parvenir, c'est surtout le lieu d'où l'on part, à la recherche de soi-même. C'est en elle que naît l'aventure.

L'aventure appartient à la fois à la réalité féodale et à la fiction littéraire. Au XIIIe siècle existent en effet ces chevaliers en quête d'argent et d'emploi, que la Croisade ne suffit pas toujours à occuper et qui peuvent vite devenir des fauteurs de désordre et de pillage. La Table ronde et ses chevaliers à la recherche du Bien sont alors une image valorisante offerte à ce public. L'aventure romanesque est aussi la quête de ce que l'on ne possède pas encore. Son but est moral : se prouver et prouver aux autres sa valeur, quitter la société pour rencontrer l'inconnu, jusqu'aux limites de soi-même. Ce n'est pas un hasard si les chevaliers arthuriens sont appelés hors des châteaux de Camelot ou de Carduel pour s'enfoncer dans des forêts hostiles, à la merci de chemins sans fin et de créatures étranges. Mais dans l'affrontement du péril vient la découverte de soi. La plupart des héros ne connaissent pas au début de leur quête leur véritable nom ou leur origine familiale. C'est l'aventure qui le leur révélera pour qu'ils puissent revenir l'inscrire sur les sièges glorieux de la Table ronde.

Car la Table ronde est un lieu d'écriture. Sur ses sièges sont gravés, comme dans la mémoire des hommes, les patronymes des héros. On s'y retrouve souvent à la Pentecôte où, selon l'Évangile, l'Esprit Saint donne aux hommes la capacité de se comprendre les uns les autres, même s'ils parlent des langues différentes. La cour d'Arthur est en effet un espace d'union et de conversation. Les clercs y attendent les chevaliers qui leur raconteront leurs exploits ; les nobles y échangent leurs découvertes ; les dames parlent ou écoutent parler d'amour. La Table est donc l'image rêvée du livre lui-même, le symbole du roman qui se nourrit des aventures des chevaliers. Il n'est pas indifférent que les écrivains du XIIIe siècle, partout en Europe, aient privilégié une nouvelle façon d'écrire pour dire les aventures d'Arthur. Ils inventèrent le roman en prose, à une époque où la rédaction prosaïque était surtout utilisée par les scientifiques – pour donner l'impression que les histoires qu'ils narraient étaient vraies. Ils inventèrent surtout la forme du cycle romanesque. Les romans ne racontent plus une seule histoire, mais alternent différentes aventures des héros, Lancelot, Gauvain, Perceval et bien d'autres, grâce à un système presque cinématographique de changement de point de vue, nommé « entrelacement ». Les auteurs sont très attentifs à articuler leurs fictions à celles de leurs prédécesseurs pour donner au lecteur le sentiment d'un monde cohérent, où les héros se connaissent, où de véritables lignages se constituent, où tout un univers prend vie. La Table ronde est le centre stable de ces constructions : elle forme par exemple le fil conducteur de l'ensemble du *Lancelot*, cycle rédigé par plusieurs auteurs différents pendant une trentaine d'années et qui comprend *L'Histoire du saint Graal, Le Livre de Lancelot du Lac, La Quête du Saint Graal* et *La Mort du roi Arthur*.

La Table ronde, réunissant autour d'elle des héros venus de toutes contrées, est bien l'idéal de la jeune littérature européenne, à l'époque où chaque pays se dote d'une culture et d'une langue propres, tout en privilégiant les contacts entre écrivains. Elle ne cesse de recevoir de nouveaux héros, à l'image d'une légende sans cesse enrichie par les romanciers. Elle ne peut pas non plus les retenir, car alors finirait l'aventure. Or, l'aventure est nourriture. Arthur refuse de manger avant qu'une nouvelle histoire n'arrive. Dans cette attente, le temps se suspend ; les conversations s'arrêtent. La mélancolie tombe alors sur le roi, qui perd ses forces et sa parole. Seul le roman lui redonnera l'occasion de vivre encore, pour le plus grand plaisir des lecteurs.

Les mille facettes de la Table : les textes présentés

La Table ronde unit tous les thèmes du monde arthurien. Elle est l'endroit où siège Arthur ; elle accueille les héros créés par l'imagination des écrivains ; elle porte enfin en son centre le mystérieux Graal. Cet espace imaginaire a été pendant trois siècles le creuset des littératures vernaculaires européennes. Cette anthologie souhaite en montrer la richesse, en proposant, grâce à de nouvelles traductions, un accès facilité pour le lecteur français moderne.

Sont d'abord proposées les premières attestations du thème dans la plus ancienne littérature galloise (*Culhwch and Olwen*) et l'*Historia Regum Britanniae* de Geoffroy de Monmouth. Les textes montrent ensuite la construction de la légende sous la plume des romanciers français du XIIe siècle : Wace et son *Roman de Brut*, Chrétien de Troyes et ses différentes œuvres, d'*Erec et Enide* au *Chevalier au Lion*, et en particulier le *Conte du Graal*. Cette œuvre a engendré des romans dans tous les pays d'Europe : *Le Roman de Jaufré* en est un exemple dans le domaine occitan et espagnol, *Perlesvaus* à la cour d'Angleterre. Les romans mettent en scène les héros préférés du public médiéval : Gauvain, à qui les écrivains anglais consacrent des œuvres entières comme le célèbre *Sir Gawain and the Green Knight* (*Messire Gauvain et le chevalier vert*) ; Lancelot dont la vie est narrée dans l'immense cycle du *Lancelot-Graal ;* Perceval, dont les aventures sont transposées en allemand par Wolfram von Eschenbach ; Galaad enfin. *La Quête du Saint Graal* et *La Mort du roi Arthur* permettent d'explorer la fin du monde arthurien et la disparition de la Table ; ce sont les derniers grands cycles, rédigés vers 1230. Ils ont inspiré la plus célèbre synthèse du mythe, sous la plume de l'écrivain anglais Thomas Malory au XVe siècle. La Table ronde médiévale fonde l'imaginaire occidental moderne. Des adaptations musicales de Richard Wagner aux versions dérisoires d'Italo Calvino, la légende continue à hanter les imaginations nationales, tout en unissant la culture occidentale. Lieu mythique où, comme le disait Robert de Boron, tout commence et où tout, un jour, revient.

De l'histoire à la fiction : évolution chronologique du monde arthurien

Les astérisques signalent les textes cités dans l'anthologie.

Dates – époques	Événements historiques	Fictions littéraires ou légendaires
43 après J.-C.	Conquête de l'île de Bretagne par les troupes de l'empereur romain Claude.	
Vers 70		Légende qui circule : Joseph d'Arimathie, gardien du vase ayant recueilli le sang du Christ, se réfugie à Glastonbury et y cache son précieux fardeau.
Ier-IIe siècles	Occupation romaine et assimilation de la noblesse bretonne à la culture impériale.	Diffusion des légendes orales en Irlande : le Cycle d'Ulster narre les aventures du héros mythique Cuchulainn et de ses compagnons. C'est peut-être une préfiguration du monde arthurien.
Vers 350	Raids des Gaëls irlandais sur les côtes du Pays de Galles.	En Irlande, diffusion de la légende populaire des Fianna.
Vers 450	Le chef breton Vortigern appelle à l'union des tribus contre de nouvelles invasions venues du nord : les Pictes et les Saxons. Il fait alliance avec les Saxons pour repousser les attaques pictes.	

Vers 470	Naissance possible du chef anglo-romain « Arturus Ambrosius ». Vers 500, il rassemble des mercenaires pour lutter contre l'invasion saxonne.	Diffusion des légendes insulaires en Bretagne armoricaine.
Vers 516	Arthur, à la tête des troupes bretonnes coalisées, bat les Saxons à la bataille du Mont Badon.	
Vers 537	Bataille opposant Arthur et un chef révolté, Mordret. Le lieu de la bataille est inconnu (Salisbury ?). Mort d'Arthur.	Début des légendes populaires selon lesquelles Arthur ne serait pas mort, mais attendrait, caché, la libération de la Bretagne.
Vers 572	Les Bretons immigrés fondent le comté de Bretagne armoricaine ou continentale.	Mort de saint Gildas. Il est le premier à mentionner les batailles d'Arthur dans ses livres historiques.
Vers 576	Batailles contre les Saxons. Au cours de l'une d'elles, un chef de tribu, Merlin, devient fou.	Activités des bardes Aneurin et Taliesin, qui chantent les combats héroïques.
IXe-XIe siècles	Siècles « obscurs ». L'Irlande subit les attaques vikings.	– Nennius, *Historia Brittonum*. – *Culhlwch and Olwen*, récit gallois*. – *Annales de Cambrie*.
Fin du XIe siècle	La féodalité se développe en Europe. Construction des cathédrales : à Modène, vers 1100, les artistes présentent des scènes mythologiques où sont représentés Arthur et ses compagnons.	En France se diffusent les chansons de geste au sujet de Charlemagne (*Chanson de Roland*)
1066	Conquête de la Bretagne, devenue saxonne, par Guillaume le Conquérant. Mise en contact de la culture anglo-saxonne et de la culture française.	

XIIe siècle	Première Croisade (1099).	Développement en Bretagne d'une littérature latine sur l'histoire du pays. – vers 1132 : *Les Prophéties de Merlin* par Geoffroy de Monmouth. – vers 1135 : le même auteur rédige son *Historia Regum Britanniae (Histoire des rois de Bretagne)**. Il invente une cour fastueuse autour du « roi Arthur ». – vers 1142 : Geoffroy rédige la *Vita Merlini*. Il fait de Merlin un magicien. Premières mentions de la Table ronde.
1150		La légende arthurienne prend forme grâce à des auteurs français. – Wace, *Le Roman de Brut**. – Début de l'activité de Chrétien de Troyes, qui s'intéresse à ces légendes.
1170	Seconde Croisade (1146-1147). En France, règne de Louis VII. En Angleterre, règne de Henri II Plantagenêt, grand amateur des histoires arthuriennes, dans lesquelles il voit le moyen de donner au royaume une « mythologie » historique aussi glorieuse que celle de Charlemagne utilisée par les rois de France.	– La philosophie platonicienne est enseignée dans les universités européennes. – Béroul diffuse en français la légende irlandaise de *Tristan et Iseut*. Dans sa version, Arthur devient un ami des amants et la Table ronde le lieu de réunion des héros. – Chrétien de Troyes, *Le Chevalier à la Charrette** (1180). Lancelot, personnage de la mythologie armoricaine, entre à la cour d'Arthur.
1190	Henri II « découvre » le tombeau de l'Arthur historique à Glastonbury. C'est naturellement une supercherie destinée à glorifier sa dynastie.	– Chrétien de Troyes, *Le conte du Graal**. Invention du Graal. L'ouvrage est inachevé.

Vers 1200	Règne de Philippe Auguste. Règne en Angleterre de Richard Cœur de Lion. Développement de l'art gothique en Europe.	– Robert de Boron rédige *Le Roman de l'Histoire du Graal**. C'est le premier roman français rédigé en prose. Il propose une version christianisée de la Table ronde. Mode européenne des héros arthuriens. – *Jaufré* rédigé à la cour d'Aragon. – En Allemagne, Wolfram von Eschenbach écrit son *Parzival**.
1230-1240	Règne de saint Louis en France.	Début des cycles romanesques anonymes : *Le Lancelot en prose* ; La Mort du roi Arthur* ; La Quête du Saint Graal**.
XIVe siècle	Règne d'Edouard III Plantagenêt. Grand lecteur de romans, il fonde un Ordre de la Table ronde, qui regroupe la chevalerie britannique. L'Ordre sera ensuite rebaptisé Ordre de la Jarretière. Il existe toujours.	Versions anglaises des romans de la Table ronde : – *Sir Percival of Wales* – *Sir Gawain and the green Knight**.
XVe siècle.	Guerre de Cent Ans entre la France et l'Angleterre.	Vers 1460, Thomas Malory compile en anglais l'ensemble de la légende arthurienne sous le titre *La Morte d'Arthur**.
XIXe siècle	Redécouverte de la période médiévale par les lecteurs bourgeois. Mode arthurienne : en Europe, la peinture, la littérature, la musique s'inspirent des vieux mythes. Sous le règne de Victoria, les sociétés aristocratiques autour de la Table ronde se multiplient et sont encouragées par le pouvoir britannique. Début de la critique universitaire sur le sujet.	Dans le contexte de la construction nationale allemande, Wagner puise dans la légende arthurienne pour ses opéras : *Tristan und Isolde, Parsifal**, etc.

XXe siècle	L'engouement du siècle précédent se renforce, notamment sous la pression des événements politiques (nationalisme irlandais, revendications bretonnes, redécouverte du monde celtique). Réutilisation politique du mythe arthurien, à travers l'interprétation wagnérienne, pendant les Première et surtout Seconde Guerres Mondiales. Vers 1970, diffusion auprès du grand public des textes médiévaux originaux.	– Italo Calvino, *Le Chevalier inexistant**. – Réalisations cinématographiques : R. Bresson, *Lancelot* (France, 1974) – adaptation de Chrétien de Troyes. John Boorman, *Excalibur* (USA, 1981) – adaptation de Malory.

Naissances de la Table ronde

Geoffroy de Monmouth, *Histoire des rois de Bretagne* (1135-1138)

Rédigée vers 1135 par l'historien anglais Geoffroy de Monmouth, *l'Histoire des rois de Bretagne* est un texte latin d'une grande importance : il tente de donner aux dynasties anglaises une gloire venue de l'Antiquité, en imaginant qu'elles descendent de Brutus, fils du Troyen Énée, mais aussi une gloire locale en rappelant des règnes légendaires, comme celui du roi Lear (dont Shakespeare fera ensuite une pièce célèbre), celui d'Uterpandragon, celui d'Arthur. Le livre se veut un témoignage historique, mais il glisse souvent vers le roman. On y trouve une des premières mentions d'une cour glorieuse et d'une assemblée de chevaliers autour du jeune roi. L'idée d'une Table commence à germer.

« Arthur se mit alors à agrandir sa cour, en invitant des personnages très nobles venus de royaumes éloignés. Autour de lui on se mit à mener une vie si fastueuse que les autres peuples étrangers s'efforçaient de l'égaler. En conséquence, tout noble qui aspirait à ce genre de vie, même celui de la plus haute naissance, s'estimait sans valeur aucune s'il ne s'habillait pas ou s'il ne portait pas les armes à la manière des chevaliers d'Arthur. La renommée de la générosité et de la vaillance d'Arthur finit par se répandre aux quatre coins du monde. Les princes des royaumes situés de l'autre côté de la mer furent saisis de peur à l'idée de se faire attaquer et envahir par lui, et de se voir obligés de lui abandonner les nations qui leur étaient soumises. Pleins d'anxiété, tenaillés par l'inquiétude, ils allèrent jusqu'à fortifier leurs villes et leurs tours défensives, et à construire des châteaux, de façon à se procurer des refuges si le besoin s'en faisait sentir, notamment si une invasion amenait Arthur jusque chez eux.

Quand il en fut informé, Arthur, se félicitant d'inspirer la terreur dans le monde entier, conçut l'idée de conquérir toute l'Europe. [...]

La Bretagne avait alors atteint un tel degré de prestige qu'elle l'emportait sur les autres royaumes par l'abondance de ses richesses, le luxe de ses ornements et la courtoisie de ses habitants. Tout chevalier connu pour sa bravoure portait dans ce pays des vêtements et des armes d'une seule couleur. Les dames courtoises portaient aussi des vêtements semblables et aucun chevalier n'était digne de leur amour, s'il ne s'était illustré au moins trois fois au combat. C'est ainsi que les femmes devenaient plus chastes et plus vertueuses, et les chevaliers plus vaillants par amour pour elles. »

Wace, *Brut* (1155)

Originaire de Jersey et élevé en Normandie, Wace, né vers 1100, est un clerc érudit, bon connaisseur de l'Angleterre où il a souvent voyagé. Il traduit et adapte en 1155 l'*Historia* de Geoffroy pour la nouvelle reine d'Angleterre, Aliénor d'Aquitaine. L'histoire déjà fortement romancée par Geoffroy devient sous sa plume une fiction épique. Il est le premier à introduire explicitement une Table ronde, image de la chevalerie idéale des temps arthuriens.

« À cause des nobles barons qui se rassemblaient autour de lui, chacun d'entre eux se considérant comme le meilleur et personne ne voulant être dit moins bon qu'un autre, Arthur créa la Table ronde, dont les histoires des Bretons parlent beaucoup. Les nobles seigneurs s'y asseyaient, tous à une excellente place et tous égaux. Égaux ils étaient assis à la Table, égaux ils étaient servis. Nul ne pouvait se vanter de posséder un siège d'une plus haute dignité que celui de son voisin. » (v. 9774-9758)

Wace, contemporain de la guerre que se livrent le roi de France Louis VII et Henri II, roi d'Angleterre, mais soumis au roi de France en tant que duc de Normandie et comte d'Anjou, est très conscient

des problèmes de la hiérarchie féodale. Arthur offre ici l'image idéale d'une société à la fois aristocratique et égalitaire. La cour imaginée par Geoffroy de Monmouth devient donc une leçon de bonne politique.
Mais où Wace a-t-il puisé l'idée de la Table ronde, « dont Bretons disent maintes fables » ?

Une légende celtique : les *Mabinogion, Culhwch and Olwen.*

Les Chevaliers de la Table ronde, c'est-à-dire la communauté idéale des guerriers, trouvent une de leurs sources dans les légendes irlandaises du cycle des Fianna, et auparavant des compagnons de Cuchulainn. Le chef-d'œuvre gallois des *Mabinogion* rassemble onze histoires celtiques, issues d'une longue tradition. Parmi elles, la plus connue est celle de *Culhwch and Olwen*, qui est aussi la plus ancienne. Arthur et sa cour y apparaissent déjà avec leurs traits distinctifs : noblesse et générosité du roi, rassemblement des chevaliers les plus valeureux.

« Culhwch s'adressa à Arthur en ces termes.

— Salut à toi, souverain prince de cette île ! Que mon salut soit adressé à tous ceux qui sont dans cette salle, devant moi ou au fond ! Que tous les nobles le reçoivent, les barons, les généraux. Que tous l'aient en gré et que sur ton île règnent toujours ta puissance et ta gloire !

— Ainsi soit-il, seigneur, dit Arthur, et salut à toi aussi. Prends place entre mes guerriers, et repose-toi en écoutant les chants qui nous sont présentés, ce qui est un privilège de la noblesse, d'un héritier du trône, car tu l'es sans doute. Et lorsque je donnerai mes cadeaux à mes hôtes qui viennent de pays lointains, je te le promets, tu les recevras en premier.

— Je ne suis pas venu pour boire et manger, roi. Mais si j'obtiens ce que je veux, alors je donnerai beaucoup en échange et je chanterai votre gloire. Si je ne l'obtiens pas, je supporterai ce déshonneur et je porterai le vôtre jusqu'aux quatre coins du monde.

— Certes, prince, je le comprends, et je te le promets, tu obtiendras ce que ta langue n'a pas encore nommé, même s'il faut aller aussi loin que le vent assèche la terre, que la pluie l'arrose, aussi loin que le soleil va sa course, que les mers et les terres s'étendent. Oui, tu auras ce que tu veux, si ce n'est pas mon bateau et mon manteau, mon épée Caledfwlch, la lance Rhongomyniad, mon bouclier Wynebgwrthucher, mon poignard Carnwennan et Gwenhwyfar, ma femme !

— En ai-je ta foi ?

— Tu l'as, avec plaisir. Nomme ce que tu veux.

— Je veux d'abord arranger ma chevelure.

— Que cela soit fait.

Arthur lui donna un ciseau d'or et un peigne d'argent, et il peigna ses cheveux.

— Qui es-tu, noble étranger ? dit Arthur quand il le vit ainsi. Mon cœur sent que tu ne lui es pas inconnu ; je sais bien que tu es de mon sang. Dis-moi ton nom.

— Je suis Culhwch, fils de Cillyd, fils de Cyleddon Wledig et ma mère est Goleuddyd, fille de Anlawdd Wledig.

— Ainsi donc c'est vrai. Tu es mon neveu. Dis ce que tu veux et quoi que ce soit, tu l'auras.

— Voici mon souhait : je veux que tu me donnes Olwen, fille d'Ysbaddaden, le chef des Géants. C'est pour elle que j'invoque le nom de tes guerriers.

Alors Culhwch appela les guerriers d'Arthur pour les lier à sa demande : d'abord Keu et Bedwyr, et Greidawl Gallddofydd, et Gwythyr, le fils de Greidawl, et Greid, fils de Eri, et Cynddylig, le bon guide, et Tathal, terreur des Francs, et Maelwys, fils de Baeddan, et Cnychwr, fils de Nes, et encore Cubert, fils de Daere et Fercos, fils de Roch et puis Gwenwynwyn, fils de Naf, le meilleur des hommes d'Arthur... »

La liste des guerriers appelés par Culhwch, longue de plus de cent cinquante noms de héros (le dernier ici cité est Gauvain), est typique du procédé épique d'accumulation. Comme promis, Arthur et ses compagnons aideront Culhwch à épouser Olwen, malgré les obstacles et les haines qui existent entre la race des hommes et celle des géants.

L'invention de la Table ronde : Merlin, le fondateur

L'invention de Wace est une réussite : à partir de lui, Chrétien de Troyes et ses successeurs font de la Table ronde le centre des aventures. Robert de Boron cherche cependant une origine fictive à la Table : qui en est le fondateur ?

Merlin et la Table des Guerriers : *Le Roman de l'histoire du Graal* de Robert de Boron (1205-1210)

Robert de Boron, actif entre 1190 et 1210, est un homme d'une culture religieuse certaine, mais dont on ne sait presque rien. Il est possible qu'il ait participé à la Quatrième Croisade, ce qui expliquerait l'orientation spirituelle qu'il donne à la légende arthurienne. L'œuvre de Boron est fondamentale : il fait de Merlin un personnage littéraire de premier plan, et surtout il transforme les récits celtiques en un mythe chrétien. Le mystérieux Graal devient une relique du Christ. La Table ronde fait la synthèse, sous la plume de Boron, entre son origine celtique et une réécriture du Nouveau Testament. Les œuvres originales de Boron ont été pour la plupart perdues, mais elles sont parvenues grâce à des imitateurs contemporains. Ceux-ci ont introduit dans le roman européen un style révolutionnaire : la prose.

« Merlin dit au roi Uterpandragon :

— Entreprends donc une action que jamais personne n'a faite avant toi, et les hommes parleront longtemps de ta gloire !

— Parle, dit Uter, et je t'obéirai.

— Alors, écoute-moi. Envoie chercher les grandes pierres d'Irlande. Fais partir tes vaisseaux et ramène-les ici. Elles sont très grandes, mais je les dresserai. Je partirai avec tes hommes pour leur montrer celles que je veux.

Alors Uter envoya de nombreux vaisseaux et fit accompagner Merlin de beaucoup d'hommes. Quand ils arrivèrent sur le lieu, Merlin leur montra une série de très grandes pierres et leur dit : « Voici les pierres qu'il vous faut amener ». Mais quand les hommes virent les pierres, ils prirent Merlin pour un fou et lui dirent que jamais ils ne pourraient, même à tous, les faire bouger. « Et encore moins, Merlin, les embarquer sur le bateau ». Merlin leur dit : « Eh bien, vous êtes venus pour rien ». Alors les hommes retournèrent à la cour d'Uter et lui racontèrent l'incroyable chose que Merlin leur avait commandée. Le roi dit : « Faites donc venir Merlin. »

Lorsque ce dernier fut arrivé, le roi lui rappela ce que ces hommes lui avaient dit et Merlin répondit : « Tes hommes m'ont fait faux bond, mais moi j'accomplirai ce que j'ai promis. » Il fit venir d'Irlande les pierres grâce à un sortilège et les amena au cimetière de Salisbury, où elles se trouvent encore.

Quand elles furent installées, Uterpandragon, accompagné d'une grande partie de sa cour, vint les voir. À ce spectacle, les gens commencèrent à dire que jamais on n'avait vu de pierres si grandes et que personne ne pouvait les soulever. On se demanda comment Merlin avait réussi un tel exploit, car personne n'en avait rien vu. Mais Merlin demanda à ce que les pierres soient dressées, car elles seraient ainsi plus belles que gisant au sol. Uterpandragon lui dit :

— Nul ne peut faire cela, tu le sais bien, à part toi.

— Eh bien, partez tous, dit Merlin, et je les dresserai et ainsi j'aurai acquitté ma promesse de faire pour Uter un acte que personne n'avait jamais fait auparavant.

Et c'est ainsi que Merlin fit dresser le cercle de pierres de Salisbury.

Merlin aimait beaucoup le roi Uter. Il le servit loyalement pendant des années, et le roi connaissait l'amitié que Merlin lui portait. Merlin le conseillait souvent. Un jour, il lui dit :

— Il faudrait que je vous communique un conseil d'une extrême importance. Car je vois que vous gouvernez maintenant toute cette contrée. Je vous aime et je veux vous dire une chose. Ne vous ai-je pas sauvé de la main d'Engis qui voulait vous tuer ? Et je sais que vous m'aimez beaucoup à cause de cela.

— Merlin, dit Uter, il n'est nulle chose que vous me commandiez que je ne ferais pour vous, si c'est en mon pouvoir.

— Sire, si vous accomplissez ce que je vais vous dire, c'est vous qui en aurez la gloire. Je vous enseignerai la façon d'obtenir l'amour et la grâce du Christ.

— Merlin, je ferai ce que tu voudras !

— Roi Uter, vous savez que je connais les secrets du passé, les choses qui ont été dites ou qui sont arrivées. C'est un pouvoir qui me vient du diable. Mais Dieu, qui est puissant, m'a aussi permis de savoir les choses à venir. De là me vient ma sagesse. Aussi je vous dirai un message de Dieu. Vous savez que le Christ vint sur terre pour sauver le monde. À la Cène, son dernier repas, il dit : « L'un de vous m'a trahi », et celui qui avait commis ce crime s'est enfui. Et c'est après cela qu'il a pour nous souffert la mort. Vous savez peut-être aussi que, par la suite, un chevalier demanda et obtint le corps du Christ et le mit en terre. Après la Résurrection, il advint que ce soldat et toute sa famille et les gens qui étaient avec lui se trouvèrent dans une région désolée, en plein désert. C'était la famine. Les hommes supplièrent ce chevalier de prier Dieu pour eux. Alors Dieu lui délivra un message : qu'il construise une table, en souvenir de la Cène. Et le chevalier le fit. Il couvrit la table d'un drap blanc et mit au centre un vase qu'il avait avec lui. Ce vase lui permit de faire la différence entre les bons et les mauvais hommes. Car, mon roi, celui qui pouvait s'asseoir à cette table connaissait un bonheur complet. Et il y a là toujours une chaise vide. Elle signifie l'endroit où était assis Judas à la Cène. En souvenir il y eut aussi un lieu vide à la table du chevalier, jusqu'à ce que Dieu y assoit un jour un autre homme, pour accomplir le nombre des douze apôtres. C'est ainsi que Dieu fait le cœur des hommes. Il y eut donc une seconde Table : là apparaît ce vase qui dispense la grâce, et que l'on appelle le Graal. Écoutez-moi bien, Uter : vous, vous établirez la troisième Table, en souvenir de la Trinité. Car ces trois tables signifieront la Trinité sacrée. Je vous le promets, si vous faites cela, vous en recevrez de grands biens. Et votre époque verra des événements qui susciteront votre surprise et votre admiration. Je vous aiderai, si vous le voulez. Et je vous promets que cette action recevra une renommée qui passera les siècles. Croyez-moi et je vous apporterai mon aide.

Ainsi parla Merlin à Uterpandragon. Celui-ci lui dit :

— Je ne veux certes pas que notre Seigneur Dieu soit privé par moi de ce qu'il attend. Je m'en remets à toi.

— Parfait. Où vous plaira-t-il de faire construire la table ?

— Où tu voudras !

— Alors, que ce soit à Carduel, au Pays de Galles. Faites assembler là vos gens à la Pentecôte. Préparez-vous à faire de grands dons et donnez-moi des personnes qui exécutent bien mes ordres. Moi je désignerai les hommes qui pourront s'asseoir en ce lieu.

Et le roi fit savoir les volontés de Merlin par tout le pays. Merlin partit et fit faire la Table. À la Pentecôte, le roi vint à Carduel, et demanda à Merlin comment cela s'était passé. « Très bien » répondit ce dernier. Et le peuple s'assemblait autour d'eux.

Alors le roi dit :

— Merlin, qui as-tu choisi pour s'asseoir à la Table ?

— Demain, roi, vous verrez des gens auxquels vous ne pensiez pas. Je choisirai cinquante hommes, les plus nobles de ce pays. Et eux, ils ne voudront plus rentrer chez eux ni partir d'ici. Et alors vous pourrez tous voir ce que signifient la réunion des deux autres tables dans celle-ci et le lieu laissé vide.

— Par Dieu, je le verrai volontiers, dit le roi.

Alors Merlin choisit les hommes et les fit asseoir. Il montra au roi le siège vide. Personne n'en savait le sens, sauf Merlin et Uter. Puis Merlin dit au roi de s'asseoir lui-même. Mais Uter refusa et demanda que l'on serve d'abord les nobles assis. Ainsi fut fait et, quand tous furent servis, le roi s'assit. »

Merlin recommande à Uter de garder précieusement la place vide : là s'assiéra un jour le nouveau gardien du Graal, qui n'est pas encore né. Merlin promet l'accomplissement de la prophétie pour le règne d'Arthur, futur fils d'Uter.

Une Table chrétienne : un continuateur de Robert de Boron, *Estoire dou Graal* (ou *Joseph en prose*), roman français vers 1210

Robert de Boron, après avoir fait la synthèse du mythe celtique (la Table d'Uter est liée, comme le montre l'extrait précédent, aux cercles de pierre de Stonehenge), échafaude le mythe chrétien. Un de ses continuateurs raconte de façon détaillée dans *Joseph en prose* la formation des trois Tables. Joseph et ses compagnons ont fui la Palestine et se sont réfugiés aux confins du monde en Angleterre, près de la future Salisbury. La famine s'abat sur les compagnons, car certains ont trahi. Désespéré, Joseph s'adresse à Dieu.

« — Seigneur, toi qui es né de la Vierge ta mère en laquelle tu es venu par pitié et amour, toi qui as bien voulu vivre parmi nous pour sauver la créature qui croira en toi, Seigneur, toi que j'ai rencontré vivant et mort à la fois puisque je t'ai vu me parler après ta mort dans la tour où on m'avait emmuré, ô toi qui m'as ordonné, en me donnant cette coupe, de m'approcher, quand j'en aurai besoin, de cette précieuse relique où ton glorieux sang se trouve : je te prie et t'implore de te souvenir de tout cela et de m'aider à nourrir ce peuple, pour qu'il puisse continuer à agir selon ta volonté et croire en l'œuvre de ta Loi.

Alors la voix du saint Esprit dit à Joseph :

— Joseph, voici ce que je t'ordonne de faire : tu prendras le vase où se trouve mon sang. Tu le porteras bien visible devant les pécheurs. Il faut que tu te rappelles une chose : j'ai été vendu, trahi, humilié et tué par les hommes. Tout cela, je savais que ce devait arriver ; pourtant, je ne voulais le révéler à personne avant d'être chez Simon avec tous mes compagnons. Chez Simon, assis à la table où j'ai bu et mangé, j'ai vu que mon supplice était proche. Là seulement, j'ai déclaré que celui qui devait me trahir mangeait avec moi. Le traître, entendant cette prophétie, eut honte. Il s'écarta de lui-même, il ne fut plus compté parmi mes disciples. Sa place s'est trouvée vacante pour un autre. Mais nul ne se mettra à sa place avant toi. Moi, je te demande, en souvenir de cette table, d'en construire une autre. Quand elle sera prête, tu appelleras Bron, ton beau-frère. C'est un homme bon. De lui ne peut venir que du bien. Envoie-le pêcher un poisson dans cette rivière. Le premier qu'il prendra, qu'il te l'apporte sans tarder. Sais-tu ce que tu en feras ? Tu vas le mettre sur cette table : prends la coupe que je t'ai donnée et mets-la sur la table aussi, où tu veux, à condition qu'elle soit bien en face de l'endroit où tu t'assiéras. Couvre-la d'un linge, puis prends le poisson que Bron aura pêché pour toi. Tu le poseras alors contre la relique. Ensuite invite tous les tiens. Tu leur diras qu'ils vont voir bientôt la cause de leur désespoir, ceux par qui est arrivé le malheur.

Quand tu seras assis à la place même que j'occupais à la Cène le jour où j'ai mangé en compagnie de mes disciples, invite Bron à s'asseoir à ta droite. Tu verras qu'il s'écartera d'un espace exactement égal à la place d'un homme. Cette place vide représente la place occupée par Judas qui, dans sa folie, s'est exclu de notre groupe en se rendant compte qu'il avait trahi. Cette place ne pourra être occupée avant qu'Énygée ait conçu de Bron, son époux, un enfant. Quand celui-ci sera né, cette place sera pour lui.

Quand tu auras fait tout cela, fais venir tes hommes : s'ils ont cru en Dieu, le père du monde, et dans le Fils et le saint Esprit comme je le leur ai enseigné moi-même et s'ils ont cru aussi dans les leçons que tu leur as données sur les trois principes qui n'en font qu'un, alors invite-les à venir s'asseoir avec toi et dis-leur qu'ils fassent cela pour l'amour de Notre Seigneur qui récompense et assure gloire à ses fidèles.

Joseph accomplit point par point la volonté de Notre Seigneur et il les convoqua comme on le lui avait dit. Et chose curieuse, une partie des hommes s'assit, et pas l'autre. La table était pleine, mis à part cette place qui ne pouvait être occupée. Ceux qui prirent place au repas eurent le bonheur de voir leurs désirs entièrement comblés.

Un de ceux qui avaient pris place, le dénommé Petrus, se tourne et voit ceux qui sont restés debout. Étonné, il leur demande : « Mes chers amis, dites-moi, pouvez-vous vous représenter un peu ce que nous ressentons ? » Ils répondirent : « Nous ne le savons pas, nous n'y participons pas ! » Petrus leur dit : « Alors, c'est certain, c'est vous qui êtes coupables de la catastrophe pour laquelle vous avez imploré l'aide de Joseph. »

De honte, les coupables quittent la maison en sanglotant, la mine déconfite. Après le repas, tous se lèvent et s'en vont. Joseph leur ordonne de revenir chaque jour sans faute partager cette joie et ce repas. Ainsi Joseph a distingué et reconnu qui étaient les pécheurs ; c'est Dieu lui-même, le roi tout-puissant, qui les lui a désignés. Voilà comment fut instauré le culte de la relique du Graal et comment commença son pouvoir. »

La Table ronde est un symbole politique du gouvernement parfait. Elle est aussi, grâce aux constructions de Robert de Boron et de ses successeurs, le fondement religieux de la nouvelle société idéale. La communauté des chevaliers est celle des élus du Christ.
Autour de ces deux axes va se développer, pendant plus d'un siècle, la jeune littérature vernaculaire européenne.

La Table ronde, source et fin de l'aventure chevaleresque

La Table ronde symbolise la société féodale idéale. C'est aussi l'image rêvée du livre. De nombreuses œuvres médiévales mettent en scène ce rôle moteur de la Table ronde : on y échange des souvenirs et des récits qui font naître le désir de partir à la rencontre de l'aventure. Tel est le commencement de la carrière d'Yvain, l'un des chevaliers de la Table ronde, racontée par Chrétien de Troyes dans *le Chevalier au Lion.*

Le Chevalier au Lion de Chrétien de Troyes (1177-1180)

« Le noble Arthur de Bretagne, dont la prouesse montre à tous comment être vaillants et courtois, réunit un jour sa cour avec une magnificence toute royale lors de cette fête si importante que l'on nomme la Pentecôte. Le roi se trouvait à Carduel, au pays de Galles. Après le repas, les chevaliers s'assemblèrent dans les salles où les appelaient les dames, les demoiselles et les jeunes filles. Certains racontaient des histoires, tandis que d'autres parlaient d'Amour, des douleurs mais aussi des grands bienfaits que reçoivent en général ceux qui servent ce maître, qui régnait à cette époque sur les cœurs. Hélas, aujourd'hui il ne reste que peu de ses fidèles : ils l'ont presque tous abandonné et l'Amour se trouve en grand déclin. Autrefois, ceux qui aimaient voulaient mériter les titres d'hommes courtois, vaillants, généreux et nobles. À présent Amour n'est qu'une fiction littéraire : ceux qui ne ressentent rien se vantent qu'ils aiment, mais ils mentent. Ces menteries et ces vantardises ont fait de ce beau sentiment un objet de fable !...

Parlons plutôt des temps de la Table ronde et laissons de côté nos contemporains. Mieux vaut, me semble-t-il, un mort courtois qu'un rustre vivant ! C'est pour cette raison que je préfère raconter quelque chose qui vaille la peine d'être écouté, en rappelant la mémoire de ce roi, Arthur, qui marqua si bien son époque qu'on parle de lui dans tous les pays. Et je partage l'opinion des Bretons qui pensent que son nom survivra jusqu'à la fin des temps. C'est grâce à lui que s'est maintenu le souvenir des nobles chevaliers qui se consacrèrent à l'amour et à l'aventure.

Ce jour-là, pourtant, Arthur surprit ses amis quand il se leva pour quitter leur compagnie. Ce geste choqua certains d'entre eux, et ils en causèrent beaucoup, car jamais ils n'avaient vu qui que ce soit se retirer lors d'une fête si importante. Mais il arriva au roi d'être retenu par la reine. Et il resta si longtemps auprès d'elle qu'il finit par s'endormir. Dehors, devant la porte de la chambre, se tenaient Dodinel et Sagremor, le sénéchal Keu et monseigneur Gauvain. Il y avait aussi avec eux Messire Yvain et Calogrenant, un chevalier très sympathique, qui avait commencé à raconter aux autres un récit de ses aventures... qui n'était guère à son honneur. La reine sortit de la chambre du roi et se glissa parmi eux sans que les chevaliers s'en aperçoivent tout de suite. Calogrenant fut le premier à la voir et naturellement il se leva vivement pour l'accueillir. Keu, toujours prêt à se moquer et à insulter tout le monde, le railla en disant :

« Par Dieu, Messire Calogrenant, comme vous voilà plein de zèle pour sauter en l'air à l'approche de la reine ! C'est sûr, vous êtes le plus courtois de nous tous ! D'ailleurs, je suis sûr que vous êtes persuadé de votre supériorité, car vous êtes aussi connu pour votre peu de bon sens. La reine va sans doute vous donner le prix de courtoisie, en pensant que nous autres nous sommes des rustres et peut-être des insolents. En fait, madame, nous ne vous avions pas vue avant que Calogrenant ne se lève si brusquement [...]

— Calogrenant, dit la reine, ne vous souciez pas de monseigneur Keu, notre sénéchal. On ne peut pas l'empêcher de dire des méchancetés. Je vous prie de ne pas vous mettre en colère et de ne pas refuser, à cause de lui, de raconter une chose qui vaut la peine d'être écoutée. Si vous voulez mon amitié, recommencez donc depuis le début.

— Certes, dame, tout cela est bien pénible pour moi. Je me laisserais arracher un œil plutôt que de leur raconter la suite aujourd'hui, mais je crains de vous fâcher et je ferai ce que vous voulez. Puisque cela vous fait plaisir, écoutez donc ! [...] Il arriva, voilà bientôt six ans, que, tout seul, j'allais en quête d'aventures, armé de pied en cap selon la coutume des chevaliers. J'aperçus un chemin à ma droite au milieu d'une forêt épaisse. C'était une voie très pénible, pleine de ronces et d'épines. Non sans peine je suivis ce chemin. Pendant presque toute la journée je chevauchai de la sorte ; puis je finis par sortir de la forêt. Je m'aperçus que j'étais en Brocéliande ! En entrant dans une lande, je vis une petite maison près d'un château, pas très loin. Je m'y dirigeai au petit galop ; je vis la barrière du château et le fossé autour, large et profond. Sur le pont se tenait un homme à qui semblait appartenir la forteresse, un faucon sur le poing. À peine l'avais-je salué qu'il vint prendre mon étrier et qu'il m'invita à mettre pied à terre. Je descendis et d'ailleurs il n'y avait rien d'autre à faire, car j'avais besoin d'un logis pour la nuit. Il me dit sur-le-champ, et me répéta, que j'étais sans doute béni d'être arrivé jusque-là. Nous entrâmes aussitôt dans le château, après avoir passé le pont-levis et la porte d'entrée. [...] Quelques serviteurs coururent vers mon cheval pour s'en occuper, et je vis que vers moi venait une belle jeune fille. Je me mis à la regarder attentivement et la trouvais d'allure distinguée, car elle était grande, mince et élancée. Elle m'aida à ôter mes armes puis me donna un joli manteau de couleur bleu, fourré de petit-gris. Tout le monde se retira, et nous restâmes seuls tous les deux, ce qui me fit plaisir car je ne désirais rien d'autre ! Elle me mena m'asseoir dans un très beau jardin, clôturé tout autour par un petit mur. Je la trouvais si avenante, d'une conversation si agréable, elle était si bien élevée et paraissait si bien disposée envers moi que j'avais grand plaisir à être là et que j'aurais bien voulu que ce moment continue longtemps... Jamais, pour quoi que ce soit au monde, je n'aurais voulu la quitter !

Malheureusement cela ne dura pas. Le père vint me chercher pour le souper. Nous mangeâmes avec la jeune fille et, durant la discussion, le vavasseur me dit qu'il y avait vraiment très longtemps qu'il n'avait pas hébergé un chevalier errant en quête d'aventures – et pourtant, il en avait hébergé beaucoup. Après cela il me pria, à mon retour, de repasser par sa demeure, car si je le pouvais, cela lui ferait très plaisir.

« Volontiers, seigneur ! », lui dis-je, car cela aurait été une honte de lui refuser.

Dès que l'aube parut, on sella mon cheval ; j'avais beaucoup insisté sur ce point la veille, et ma demande fut satisfaite. Je pris congé de mon aimable hôte et de sa chère fille, et puis je partis aussitôt qu'il me fut possible. Je ne m'étais guère éloigné du château quand je trouvai, dans un champ, des taureaux sauvages et surexcités qui se battaient entre eux ; ils faisaient un si grand bruit, et manifestaient une telle férocité, que je dois admettre que je reculai de peur, car nulle bête n'est plus dangereuse que le taureau. Un rustre qui ressemblait à un maure, immense et excessivement hideux, bref, une créature si laide qu'on ne saurait l'exprimer, était là, assis sur une souche, une grande massue à la main. Je m'approchai de lui, et vis qu'il avait la tête plus grosse que celle d'un cheval de somme, voire de n'importe quelle autre bête ; les cheveux en désordre, un front pelé qui mesurait bien un mètre de largeur ; de grandes oreilles velues comme celles d'un éléphant ; de gros sourcils et avec tout cela un visage plat, des yeux de chouette et un nez de chat ; la bouche fendue comme celle d'un loup ; des dents de sanglier aiguës et jaunâtres ; la barbe noire et les moustaches tire-bouchonnées ; et le menton soudé à la poitrine, avec un long dos bossu ! Appuyé sur sa massue, il était vêtu d'un habit vraiment bizarre : non en laine, mais fait de deux peaux nouvellement écorchées, provenant vraisemblablement de deux taureaux ou de deux cerfs.

Le rustre sauta sur ses pieds aussitôt qu'il me vit approcher de lui. Je ne savais pas ce qu'il allait faire, et je me préparai à me défendre. Mais il se leva, avec ses deux mètres de haut, et ne bougea pas. Il me regardait sans dire un mot, comme une bête l'aurait fait. Et je crus bien qu'il était privé de raison et qu'il ne savait pas parler. Néanmoins je m'enhardis jusqu'à lui dire :

— Eh toi, dis-moi si tu es ou non une créature humaine.

— Je suis un homme, me répondit-il.

— Quelle espèce d'homme es-tu ?

— Tel que tu vois.

— Et que fais-tu ici ?

— Je garde ces bêtes dans ce bois.

— Tu les gardes ? Par Saint-Pierre de Rome ! Mais elles ont l'air sauvage ! Je ne savais pas qu'on pouvait garder ainsi de pareilles bêtes sans les attacher ou les enfermer.

— Et pourtant je les garde et j'en suis maître, si bien qu'elles ne sortiront jamais de ce parc.

— Et comment fais-tu ?

— Il n'y en a pas une seule qui ose bouger lorsqu'elles me voient approcher, car, quand j'arrive à m'emparer de l'une d'entre elles, je l'étreins de mes poings que j'ai durs et puissants, et je la serre à l'étouffer, si bien que les autres tremblent de peur et se rassemblent autour de moi comme pour crier grâce. D'ailleurs personne n'ose les approcher à part moi, car il est clair que l'imprudent qui ferait cela se ferait tuer sur-le-champ. C'est ainsi que je suis le seigneur de mes bêtes. Mais, à ton tour, tu devrais me dire quelle espèce d'homme tu es et ce que tu cherches ici.

— Je suis, tu le vois bien, un chevalier, et je cherche... quelque chose que je ne peux pas trouver. J'ai beaucoup cheminé et je ne trouve rien.

— Et que voudrais-tu donc trouver ?

— Des aventures, pour mettre à l'épreuve ma lance et mon courage. Je te prie maintenant de m'indiquer, si tu le peux, où je pourrai découvrir quelque aventure ou quelque merveille.

— Il ne faut pas que tu y comptes, me répond-il. Moi, je n'y connais rien en matière d'aventures, et je n'en ai jamais entendu parler. Mais si tu voulais aller jusqu'à une fontaine, pas très loin d'ici, tu n'en reviendrais pas sans quelque difficulté ni sans y avoir laissé bien des peines, j'en suis sûr... Près d'ici tu vas trouver un sentier qui t'y mènera. Suis-le bien, si tu ne veux pas te perdre. Tu pourrais facilement te fourvoyer ; il y a bien d'autres chemins. Tu verras la fontaine merveilleuse : elle bout, et elle est pourtant plus froide que du marbre. Le plus bel arbre que Nature ait jamais pu faire lui donne de l'ombre. Il garde son feuillage par tous les temps, car nul hiver ne peut le lui faire perdre. Il y a aussi un bassin en fer, attaché à une chaîne qui est si longue qu'elle va jusqu'à la fontaine. À côté de la fontaine, tu trouveras un perron – tu verras bien de quelle sorte, moi je ne peux pas le décrire, car je n'en ai jamais vu un autre comme celui-là – et, de l'autre côté, une chapelle qui est petite mais très belle. Si tu prends de l'eau dans le bassin et si tu la répands sur le perron, tu verras alors se déchaîner une telle tempête qu'aucun animal ne restera dans le bois, ni chevreuil, ni daim, ni cerf, ni sanglier. Même les oiseaux le quitteront, car il y aura un orage si puissant, avec du vent, des arbres mis en morceaux, de la pluie, du tonnerre et des éclairs que, si tu arrives à t'en sortir sain et sauf, tu auras plus de chance qu'aucun chevalier avant toi. »

Calogrenant déclenche naturellement la tempête qui est plus forte qu'il ne l'imaginait. Mais ce geste, qui agite toute la forêt, alerte également le propriétaire du bois, un chevalier redoutable, qui attaque le malheureux Calogrenant, lui inflige une sévère défaite et le laisse blessé et vexé.

Ainsi j'allai, ainsi je revins. Ce fut une aventure où je me trouvai bien stupide ! Et c'est aussi bien stupide de ma part de vous avoir raconté ce que jamais je n'ai voulu dire à personne.

— Par ma foi, dit monseigneur Yvain, vous êtes mon cousin germain, et nous devons donc bien nous aimer tous les deux. Votre aventure n'est pas stupide : ce qui l'est, c'est de me l'avoir cachée ! Si je peux, et si j'en ai l'occasion, j'irai venger votre honte.

— On voit bien que nous sommes après un repas bien arrosé, dit Keu, qui ne pouvait pas se taire. [...] Vos coussins de selle sont-ils bien rembourrés, messire Yvain, et vos chaussures de fer fourbies, et vos bannières déployées ? Allons, pressez-vous, monseigneur ! Partez-vous cette nuit même ou demain ? Faites-nous savoir quand vous irez affronter ce danger, car je tiens beaucoup à vous accompagner ! Mais je vous prie, quoi qu'il en soit, de ne pas partir sans avoir pris congé de nous. Et si vous faites cette nuit quelque mauvais rêve, restez donc !

— Messire Keu, cela suffit ! dit la reine, avez-vous perdu la tête ou êtes-vous incapable d'arrêter votre langue ? Honte sur vous ! Assurément votre langue vous hait, car tout ce qu'elle sait de pire, elle le dit à chacun, quel qu'il soit. Maudite soit la langue qui ne recule jamais devant la médisance. Vos belles paroles vous font partout haïr ; elles ne sauraient mieux vous trahir ! Un homme que l'on ne peut pas corriger, comme vous, on devrait l'attacher dans l'église, comme un démon, devant les grilles du chœur ! [...]

Pendant qu'ils parlaient ainsi, le roi sortit de sa chambre, où il s'était longuement attardé, car il avait dormi jusqu'à ce moment-là. Et les barons, dès qu'ils le virent, se levèrent tous à son approche. Mais Arthur les fit rasseoir et il prit place près de la reine qui lui répéta mot pour mot l'histoire de Calogrenant. Le roi fut très curieux de cela, et il jura par trois fois, sur l'âme de son père Pandragon, sur celle de son fils et sur celle de sa mère, qu'il irait voir la fontaine avant la fin de la quinzaine, ainsi que la tempête merveilleuse ; oui, il y arrivera la veille de la fête de Monseigneur saint Jean-Baptiste, et il y dormira cette nuit-là. Et il déclara qu'iront avec lui tous ceux qui en auront envie. Les paroles du roi furent très bien reçues de toute la cour, et tous eurent grande envie d'y aller.

Mais Monseigneur Yvain ne partagea pas la joie générale. Il voulait y partir tout seul. Or le roi voulait y aller. Si c'était le cas, le combat avec le mystérieux chevalier serait accordé au sénéchal Keu plutôt qu'à lui-même. Ou même Messire Gauvain le demanderait peut-être avant lui. Si un de ces deux sollicite Arthur pour combattre, le roi ne le leur refusera pas ! Non, il faut qu'Yvain y aille seul ! Il veut être avant trois jours en Brocéliande, et de là il poursuivra sa quête, s'il peut, jusqu'à ce qu'il trouve l'étroit sentier, et la lande, et le château fort, et la courtoise demoiselle, qui est si gracieuse et si belle ; et le vavasseur généreux et de bonne naissance. Puis il verra les taureaux dans le champ, et le grand rustre qui les garde. Il lui tarde de voir le rustre, qui est tellement laid, grand, et hideux, et difforme, et noir comme un forgeron. Puis il verra, si cela se peut, le perron et la fontaine et le bassin, et les oiseaux sur le pin ; ensuite lui aussi fera venir la pluie et le vent. Seulement il ne faut rien dire maintenant de son intention. Personne ne doit le savoir, avant le moment où il aura essuyé une grande honte ou obtenu un grand honneur. Que seulement alors l'affaire soit connue de toute la cour !

Yvain quitte la cour en secret. Il réussit à battre le chevalier de la Fontaine et va de merveille en merveille. Il se marie avec la dame de la Fontaine, Laudine, et revient couvert de gloire à la cour. Mais là il semble oublier Laudine, qui décide de se venger...C'est le début d'autres aventures où Yvain rencontrera la folie et les limites de lui-même.

La Table ronde et les merveilles du monde

Jaufré, roman occitan anonyme, vers 1185-1195

Les années 1180 voient dans toute l'Europe le triomphe des aventures arthuriennes. À la cour du roi d'Aragon Alphonse II (1152-1196), un écrivain anonyme fait entrer le thème dans la littérature occitane, en inventant un héros, Jaufré qui, pour l'amour de Dame Brunissen, affronte les périls les plus étonnants, avant de s'asseoir victorieusement à la Table. L'introduction de ce roman présente une aventure d'Arthur indépendante de la suite. Elle montre le mélange de merveilleux presque surréaliste de ce roman et son ton amusé, qui, comme celui de Chrétien, met déjà à distance la nouvelle mode littéraire.

« Le jour de la Pentecôte, le bon roi Arthur mit sa couronne et alla à l'église entendre la messe. Ses chevaliers de la Table ronde y étaient aussi, l'entourant et lui faisant honneur. Il y avait là monseigneur Gauvain, Lancelot du Lac, Tristan, le preux Yvain, le noble Erec, le sénéchal Keu, Perceval, Calogrenant, le valeureux Cligès, Coedis l'avisé. Il y avait aussi le Bel Inconnu et un nommé Caradus au Court-Bras. Ils étaient tous à cette cour, et il y en avait beaucoup plus que je ne vous le dis, car j'en oublie sans doute. L'office terminé, ils sortirent de l'église et vinrent au palais, qui retentissait de la gaieté de tous, des jeux et des danses. En guise de passe-temps, ils se mirent à raconter chacun ce qui lui plaisait. Les uns parlaient d'amour, les autres de chevalerie, se proposant de chercher les aventures là où on peut les trouver. Cependant le sénéchal Keu arriva dans la salle, désinvolte et tenant à la main une canne en branche de pommier. Pas un vaillant chevalier qui ne lui cède le passage avec empressement, car chacun redoutait sa mauvaise langue et les railleries discourtoises qu'il proférait. II ne respectait personne et au meilleur de tous il disait ce qu'il savait être le plus blessant. Au reste, Keu était aussi un chevalier vaillant, très écouté d'Arthur, expérimenté dans les affaires militaires et puissant seigneur de grands domaines. Mais ses plaisanteries et ses propos discourtois faisaient oublier qu'il était un homme distingué.

S'approchant du roi, il lui dit : « Sire, s'il vous plaisait, il serait l'heure d'aller manger ! »

Le roi s'est retourné vers lui :

— Keu, dit-il, vous êtes né pour être désagréable ! Vraiment, vous le savez bien, vous connaissez les usages : si solennelle que soit la cour que je tiens, je ne mangerai pas avant qu'une aventure survienne ou quelque nouvelle étrange d'un chevalier ou d'une jeune fille. Allez donc vous asseoir dans un coin ! [...]

Le roi Arthur fait alors appeler monseigneur Gauvain, qui se présente aussitôt devant lui.

— Mon neveu, dit le roi, faites seller nos chevaux. Nous irons chercher les aventures, puisque je vois qu'elles ne viennent pas à notre cour. Nos chevaliers sont mécontents de ce retard : ils devraient déjà avoir mangé.

Gauvain répond courtoisement :

— Sire, vos ordres seront exécutés.

II dit alors aux écuyers de seller les destriers et de sortir les équipements pour que chacun puisse s'armer comme il le veut. Il ordonne que nul ne s'attarde et que tout soit fait sur-le-champ. Les écuyers vont vite vers les écuries et bientôt il ne reste plus de chevaux non sellés. Ensuite, une fois les chevaux de trait chargés des équipements, le roi et ses compagnons montent en selle et prennent leurs épées, tandis que les écuyers prennent les autres armes. En route vers la grande forêt de Brocéliande ! Quand ils s'y sont engagés profondément, le roi prête l'oreille en demandant qu'on fasse silence.

— J'entends, dit-il, une voix au loin. C'est quelqu'un, je crois, qui aurait grand besoin du secours de Madame sainte Marie : il ne cesse d'implorer Dieu. Je veux y aller tout seul, sans aucun compagnon.

— Non, sire, j'irai avec vous, dit monseigneur Gauvain, n'y allez pas seul.

— Mon neveu, dit le roi, pas un mot de plus. Personne n'ira avec moi. N'insistez pas.

— Sire, à vos ordres, dit Gauvain, je ne veux pas vous contrarier.

Le roi demanda son écu et sa lance, puis, éperonnant son cheval, il va vers l'endroit où la voix retentissait. Bientôt il entendit les cris redoubler de façon étrange. Il parvint au bord d'une rivière où il vit un joli moulin aux hautes ailes. Il y avait là une femme qui s'arrachait les cheveux, se tordait les mains, criait et se lamentait comme quelqu'un au désespoir.

Le roi, plein de pitié, s'approche pour lui porter secours et lui demande :

— Pauvre femme, qu'as-tu ?

— Sire, au secours, s'il vous plaît ! Une bête énorme et terrible, venue de cette montagne, est à l'intérieur et mange mon blé !

Le roi regarda à l'intérieur et vit en effet une bête sauvage. Voici comment elle était faite : plus grosse qu'un taureau, le pelage épais et roux, un long cou, une grosse tête avec une haie de cornes, de gros yeux ronds, de grandes dents, un museau camus, de longues jambes, de grands pieds bien aussi longs que les colonnes d'une grande cheminée. Arthur est stupéfait à cette vue et fait le signe de croix. Il descend de son cheval, saisit son écu et son épée. La bête fit mine de ne pas l'avoir vu. Elle ne bougea pas et, tête baissée, elle mangeait à plus grosses bouchées qu'une truie le blé qui se trouvait dans le moulin. Voyant qu'elle ne se dérangeait pas, Arthur, se fiant à l'apparence, se dit que ce n'était peut-être pas une bête farouche et qu'elle ne se souciait pas de se défendre. Il lui donna sur le dos un coup du plat de son épée. Elle ne bougea pas. Il se plaça alors devant elle et fit semblant de la frapper, pour la faire reculer, mais elle paraissait ne pas le voir. Posant son écu et remettant son épée au fourreau, il la prit à deux mains par ses cornes longues et la tira. Arthur était grand et très fort ; mais il ne put seulement l'ébranler. Il voulut enlever ses mains pour la frapper encore, mais tout à coup il eut beau tirer, il ne pouvait arracher ses mains des cornes, comme si elles y avaient été clouées. Lorsque la bête vit qu'il était prisonnier, elle se mit en branle, le roi pendu à ses cornes, furieux et dépité. La bête sortit du moulin et suivit son chemin, tranquillement, au pas, là où il lui plaisait. Monseigneur Gauvain s'était posté en observation avec deux compagnons. Il vit l'énorme bête portant le roi suspendu à ses cornes devant elle. Il n'en crut pas ses yeux et cria de toutes ses forces :

— Chevaliers, allons au secours de monseigneur le roi ! Par Dieu ! que nul ne s'esquive ! Qui ne viendrait pas à son aide serait à tout jamais exclu de la Table ronde. Nous serons tous des traîtres si le roi périt faute de secours.

Il descend aussitôt de son poste de guet et galope au-devant de la monstrueuse bête sans attendre les autres. Il décide de la frapper et baisse sa lance, mais Arthur est effrayé et lui crie :

— Pitié, mon cher neveu ! Ne la touche pas, pour l'amour de moi, car si tu la frappes, je suis mort, et je serai sain et sauf si tu ne la touches pas. Je me dis, pour me rassurer, que j'aurais bien pu la tuer et qu'elle aura peut-être pour moi le même respect. Attendons, et il me semble qu'elle ne me fera pas d'autre mal. Laissons-la agir à sa guise, et que pour rien au monde les gens de ma suite ne la frappent s'ils ne veulent pas me tuer ! Et toi, mon neveu, va leur dire !

Gauvain suspend son coup et répond, angoissé :

— Sire, comment pourrai-je supporter de rester là sans vous défendre de la mort ?

— Savez-vous, mon neveu, comment vous m'en défendrez ? Seulement en vous abstenant de frapper la bête.

Gauvain jette là sa lance, détache son écu de son cou et l'envoie loin avec colère. Il déchire ses vêtements de rage et de tristesse. Pendant ce temps ses compagnons, Tristan et Yvain, étaient arrivés en piquant des deux, lances baissées, prêts à frapper. Gauvain lève les mains et leur crie :

— Ne la frappez pas, seigneurs, au nom de tout ce que vous aimez ! Le roi est mort si vous la frappez !

— Que ferons-nous donc ?

— Suivons-la plutôt et voyons ce qu'elle va faire. Si elle tue le roi, elle mourra.

Pendant ce temps, la bête s'en va tranquillement, sans montrer qu'elle a vu les chevaliers. Mais soudain, elle escalade une roche arrondie, haute, raide et escarpée, tandis que Gauvain et ses compagnons la suivent dans l'angoisse. Une fois là-haut, la bête se dirige sans attendre du côté où elle voit le plus grand précipice et elle tend la tête au-dessus, si bien que le roi était suspendu dans le vide. Quelle peur ressentent Gauvain et les autres ! Ils se lamentent, mais ne savent que faire. Les autres, qui étaient restés en arrière, les entendent. Chacun pique de l'éperon autant qu'il peut, et les voici au pied de la roche.

Levant les yeux, ils virent leur seigneur pendu aux cornes de la bête. Tout le monde est saisi d'effroi ! Vous auriez vu les chevaliers et leurs gens s'arracher les cheveux, déchirer leurs vêtements, maudire les aventures qu'on trouve dans la forêt et qui ont tourné pour eux en un tel drame. Le sénéchal Keu s'écrie :

— Hélas ! Mes amis, quel malheur ! Comme vous avez bien su prévoir la mort qu'un destin cruel réserve à notre roi ! Quelle aventure est arrivée ! Nous pouvons dire que nous avons aujourd'hui perdu notre valeur !

Cependant le roi était toujours là-haut, et bien contrarié ! Il se cramponnait maintenant des deux mains : il n'irait pas les ôter des cornes, même s'il le pouvait, car il a grand-peur de tomber. La bête ne se pressait pas et restait indifférente. Le roi priait la sainte Mère de Dieu et son glorieux Fils de le sauver de ce péril. Gauvain, Yvain, Tristan, avec je ne sais combien de chevaliers, disent qu'ils vont mettre tous leurs vêtements au pied du rocher, sous le roi : ainsi, s'il tombe sur les vêtements, il ne se fera pas mal. Ils expliquent la chose aux autres et Gauvain leur adresse cette prière :

— Messeigneurs, cessons de nous lamenter ! Cela ne nous avance en rien dans cette affaire. Mais prenons chacun nos vêtements et mettons-les au-dessous du roi.

Aussitôt ils se mettent tous à se déshabiller. Vous les auriez vus apporter en toute hâte leurs vêtements, leurs manteaux, leurs capes. Il ne leur reste rien sur eux – ni chausses, ni chemise, ni culotte que chacun n'enlève bien vite. Ils ont fait un tel monceau de vêtements sous le roi que, s'il tombait, je ne crois pas qu'il se ferait mal. Quand la bête vit cela, elle fit mine de se mouvoir et secoua un peu la tête. Ceux d'en bas poussèrent un cri terrible. Ils se mirent à genoux, priant Dieu de protéger le roi et de le leur rendre sain et sauf. Et voici que la bête joint ses quatre pattes et saute au milieu d'eux. Elle laisse alors tomber le roi qui se cramponnait à ses cornes, et se transforme... en un chevalier beau, élégant, somptueusement vêtu d'écarlate de la tête aux pieds. Il est venu s'agenouiller devant le roi et lui dit en souriant :

— Seigneur, dites à vos gens de se rhabiller. Ils peuvent aller manger maintenant : plus besoin que vous vous en absteniez pour attendre l'aventure, car vous l'avez trouvée, encore qu'un peu tard.

Stupéfait, le roi s'est bien signé cent fois en pensant à la façon dont les choses s'étaient passées. Il a reconnu le chevalier : il appartenait à sa cour, où il était au nombre des meilleurs, de ceux qui sont vaillants, sages et courtois, de bonne compagnie, un homme courageux, prudent et discret, simple et aimable. Or ce chevalier connaissait tous les enchantements et les sept arts écrits dans les livres. Il était convenu entre le roi et lui que, lorsque le roi réunissait ses invités pour tenir sa cour, célébrer une fête ou apparaître la couronne en tête, s'il réussissait à changer de forme, le roi devrait lui donner une coupe d'or, son meilleur cheval et le droit d'embrasser devant tout le monde la plus jolie fille de la cour.

Cependant Gauvain s'était approché du roi. Il pensait qu'il s'était rompu les membres en tombant, et il le trouva sain et sauf, allègre, souriant et de très bonne humeur. Il vit près de lui l'enchanteur.

— Par ma foi, mon cher ami, dit-il, vous avez de beaux tours de magie, puisque vous nous avez fait ainsi aller tout nus !

Le chevalier répondit à monseigneur Gauvain :

— Maintenant vous pouvez vous rhabiller, le roi a échappé à la mort.

Gauvain s'éloigne alors et tous entreprennent de se rhabiller. Mais personne n'a cherché à faire le tri. L'un prend une cape, l'autre un manteau, et puis on se dirige vers le château de Carduel où se tient une cour nombreuse. Le roi et monseigneur Gauvain vont devant et tous les autres les suivent en manifestant leur joie. Quand ils entrèrent dans le palais, le repas était prêt, à la satisfaction de tous. Ils demandèrent de l'eau pour se laver les mains car ils avaient hâte de se mettre à table. »

La Table ronde en péril : *Perlesvaus*, roman français anonyme, vers 1210-1230

La Table n'est pas éternelle. L'aventure peut se tarir. La cour du roi décline alors peu à peu, en même temps que s'affaiblit Arthur, qui tombe dans une sombre mélancolie.

Perlesvaus est une continuation anonyme en prose du célèbre *Conte du Graal* de Chrétien de Troyes, mais ce texte original, rédigé en Angleterre, se détache nettement des récits à la mode sur le continent. Perceval, qui se cache ici sous le nom de Perlesvaus, a échoué dans sa quête du Graal. Cet échec a eu pour effet d'annihiler la volonté d'Arthur et de provoquer la ruine de la Table ronde. Contrairement à la tradition qui veut qu'Arthur ne quitte pas la Table et sa cour, c'est donc lui-même qui va ici se mettre en quête d'une solution pour sauver son royaume.

« À cette époque, le roi Arthur était un roi puissant et sincèrement chrétien ; il arrivait beaucoup de belles aventures à sa cour, et surtout il y avait là la fameuse Table ronde, autour de laquelle se retrouvaient les meilleurs chevaliers du monde. Après la mort de son père, le roi Arthur avait mené l'existence la plus louable et la plus sage, et tous les princes et grands seigneurs prenaient exemple sur lui. Cela dura dix ans, et il n'y avait nul roi au monde d'aussi grande réputation que lui. Mais, un jour, sa volonté se trouva comme paralysée, et il perdit le désir de se montrer généreux. Il n'avait plus envie de tenir sa cour, ni à Noël, ni à Pâques, ni à la Pentecôte. Voyant ses bienfaits se raréfier, les chevaliers de la Table ronde se dispersèrent et commencèrent à quitter la communauté. Des trois cent soixante-dix chevaliers qu'il avait habituellement auprès de lui, il n'en conserva que vingt-cinq à peine. Aucune aventure n'arrivait plus. Et tous les autres, au spectacle de sa déchéance, cessèrent à leur tour de se présenter. La reine Guenièvre était si consternée par cette situation qu'elle ne savait plus que faire.

Un jour, à la fête de l'Ascension, le roi Arthur se trouvait à Carduel. Le repas venait de se terminer, et il marchait de long en large dans la salle, quand il aperçut la reine Guenièvre assise à une fenêtre. Le roi s'aperçut que des larmes coulaient de ses yeux.

— Ma dame, dit le roi, qu'y a-t-il ? Pourquoi pleurez-vous ?

— Mon cher sire, répondit-elle, j'ai bien des raisons de pleurer quand vous-même ne devez pas vous sentir très heureux.

— Non, ma dame, assurément, je suis triste.

— Sire, vous avez raison. J'ai connu une époque où, un jour comme aujourd'hui, vous aviez en votre cour un si grand nombre de chevaliers que l'on pouvait à peine les compter. À présent il y en a de moins en moins chaque jour et j'en éprouve de la honte. Aucune aventure n'arrive plus ici. J'ai bien peur que Dieu ne vous ait oublié.

— Il est vrai, ma dame, que je ne ressens plus le désir d'être généreux ou d'accomplir quelque action glorieuse ; ma volonté s'est changée en faiblesse de cœur, et c'est à cause de cela, je le sais bien, que je perds mes chevaliers et l'affection de mes amis.

— Sire, dit la reine, si vous alliez à la chapelle de Saint Augustin, qui se trouve dans la Blanche Forêt, et à laquelle on ne peut parvenir que guidé par le hasard, je crois que vous retrouveriez votre désir de bien faire. Car nul n'a jamais dans sa détresse prié ce bon saint sans obtenir grâce à lui l'aide de Dieu, quand la prière était sincère.

— Ma dame, dit le roi, c'est une excellente idée. J'en avais entendu parler, et l'idée d'y aller m'est venue moi-même il y a trois jours.

— Attention, sire, dit la reine, l'endroit est dangereux, et la chapelle est, dit-on, pleine de prodiges. Mais le plus saint ermite du royaume de Logres habite auprès de la chapelle, et il ne vit que pour la gloire de Dieu. Il sera sûrement de bon conseil.

— Ma dame, dit le roi, il faudra que je m'y rende tout armé sans aucun chevalier pour m'accompagner.

Arthur quitte donc la Table ronde désertée et s'enfonce dans la forêt. Il erre longtemps avant de trouver enfin la chapelle.

Le roi se dirigea vers la barrière qui donnait accès à la clairière. À droite il aperçoit la chapelle Saint-Augustin et l'ermitage. Il s'approcha et mit pied à terre. Manifestement, l'ermite s'apprêtait à chanter la messe. Le roi attacha son cheval à un arbre près de la porte, avec l'intention d'y pénétrer. Quelque chose le retint. Mais même s'il avait donné tout l'or du monde, il n'aurait pu entrer ! Pourtant personne lui défendait l'accès : la porte était ouverte, et il n'y avait personne. Le roi éprouva une honte profonde de cet étrange sentiment. Il vit une statue représentant le Christ, et il s'inclina devant elle. Il regarda dans la chapelle. L'ermite disait le *Confiteor*, et à sa droite le roi aperçut un enfant d'une extraordinaire beauté : il portait une couronne d'or chargée de pierres précieuses qui répandaient une très vive clarté. À gauche se tenait une dame si gracieuse qu'aucune beauté au monde n'eût pu lui être comparée. Quand le saint ermite eut prononcé le *Confiteor,* il alla à l'autel, et la dame prit son fils et alla s'asseoir à la droite de l'autel sur un siège magnifiquement orné. Elle assit l'enfant sur ses genoux et se mit à l'embrasser avec une infinie tendresse.

— Seigneur, disait-elle, vous êtes tout à la fois mon père, mon fils, mon époux, mon sauveur et le Sauveur du monde.

Le roi Arthur était fort intrigué par ces paroles, par la beauté de la jeune femme et de l'enfant, et de l'entendre l'appeler ainsi son père et son fils. Levant les yeux vers un vitrail qui se trouvait au-dessus de l'autel, il vit une flamme le traverser soudain, plus claire qu'un rayon de soleil. La flamme descendit ensuite sur l'autel. Le roi assistait à tout cela absolument émerveillé. Il regrettait surtout de ne pas pouvoir entrer. Et il croyait entendre, répondant au saint ermite qui disait la messe, la voix des anges.

— Seigneur, lui dit l'ermite, à présent vous pouvez entrer ; c'eût été un bonheur pour vous, si vous aviez été digne d'entrer dès le commencement de la messe.

Et le roi pénétra alors dans la chapelle sans aucune difficulté, à sa grande surprise.

— Cher sire, reprit l'ermite, je vous connais bien, et je connaissais Uter votre père. C'est à cause de vos péchés que vous n'avez pas pu aujourd'hui entrer dans cette chapelle pendant la célébration de la messe ; et il en serait de même demain, si vous n'aviez expié vos fautes en priant Dieu ou le saint que l'on vénère ici. Vous êtes le plus riche et le plus puissant roi au monde, le plus apte à accomplir les aventures aussi, et c'est sur vous que chacun devrait pouvoir prendre l'exemple de la vertu, de la générosité et de l'honneur. Or, vous êtes pour tous les princes du monde l'exemple de ce qu'il ne faut pas faire ! Reprenez-vous ! Si vous ne rejoignez pas la voie que vous suiviez auparavant, vous le paierez très cher. Votre cour était la plus brillante jusqu'ici et la plus fertile en aventures : la voici devenue la plus misérable. Malheur à celui qui délaisse l'honneur pour la honte ! Mais celui qui abandonne la honte pour l'honneur, celui-là, aucun reproche ne l'atteint. L'homme tombé dans le déshonneur révèle sa mauvaise nature...

— Messire, dit le roi, c'est pour m'amender que je suis venu jusqu'ici, et pour y trouver aide et conseil. Je vois bien que ce lieu est sacré et je vous demande de prier Dieu afin qu'il m'aide, et je mettrai tous mes efforts à amender ma vie et à retrouver la gloire.

— Que Dieu vous le permette, Arthur ! dit le saint ermite. Votre devoir est de soutenir et de glorifier la religion nouvelle fondée par la mort de Jésus le saint Prophète. Mais il est advenu un grand malheur par la faute d'un chevalier qui fut hébergé dans la demeure du Riche Roi Pêcheur : un de vos chevaliers a vu le Saint Graal, ainsi que la lance dont la pointe saigne, et il n'a pas demandé à quoi il servait ! Parce qu'il a omis de poser cette question, le mal a éclaté. Tous les royaumes sont entrés en guerre et en décadence, et chaque fois qu'un chevalier en rencontre un autre dans la forêt, il l'attaque et le tue s'il le peut... D'ailleurs vous vous en apercevrez vous-même avant de quitter cette clairière...

— Messire, dit le roi, que Dieu me protège d'une mort misérable et indigne. Mais si je suis venu ici, c'est uniquement pour demander le pardon. Je ferai mon possible pour remédier à cette situation, si Dieu m'accorde de retourner sain et sauf à ma cour. »

Arthur doit affronter des chevaliers déchaînés qui ne respectent plus le code de la chevalerie. Il revient finalement à la cour et lance un appel à la chevalerie pour que la Table soit reformée et que le Graal soit retrouvé, seul moyen d'arrêter la décadence de l'Occident. C'est alors que surgit le jeune Perlesvaus...

La communauté de la Table ronde : de l'échec à l'élection des héros

Quatre héros sont les piliers des grands cycles romanesques.

Gauvain, l'amour et le courage

Sir Gawain and the Green Knight, roman anglais composé vers 1375

Sir Gawain and the Green Knight est le premier récit arthurien composé en anglais. Cela peut paraître étonnant, car le royaume de Logres est une Angleterre mythique. Mais, avant le XIVe siècle, les romanciers utilisent généralement la langue française et adressent leurs œuvres à des nobles normands et en majorité francophones. L'œuvre mêle surnaturel et épreuves chevaleresques pour construire un personnage de Gauvain aux traits classiques : un chevalier courageux qui accepte sans hésiter les défis ; un homme soucieux de la conservation du royaume de son oncle Arthur ; mais aussi un séducteur incorrigible et un esprit rusé. Le caractère humain de Gauvain, qui l'oppose à la pureté de Galaad ou à la ferveur de Perceval, est souvent l'occasion à la fin du Moyen Âge d'en faire le héros de récits moqueurs – comme c'est le cas ici. La tradition de Chrétien de Troyes est encore très vivante : on cherche, non les secrets de Dieu, mais l'amour, la magie, l'aventure.

Le roi Arthur tient sa cour à Camelot, lorsqu'arrive un étrange chevalier vert qui le met au défi d'accepter un jeu dangereux. Qu'un chevalier de la Table ronde ose frapper le nouveau venu d'une hache, et accepte d'en être frappé un an plus tard. Arthur hésite, mais Gauvain se propose. Il décapite l'étranger. Mais celui-ci se relève et, saisissant sa tête tranchée, assigne Gauvain à comparaître devant lui, un an plus tard, sous peine de voir le royaume de Logres s'écrouler. Puis il disparaît. Gauvain, malgré les angoisses d'Arthur, se met en route et erre longuement. Le temps est presque écoulé lorsque Gauvain arrive dans un riche château.

« Alors le maître du logis demanda aimablement à Gauvain quel dur destin l'avait contraint, en ce temps de réjouissances, à chevaucher si hardiment loin de la cour du roi et tout seul.

— Vous avez raison, seigneur, répondit Monseigneur Gauvain, en fait, c'est une importante quête et fort pressante qui m'a fait fuir mon foyer, car je suis tenu en personne de gagner un certain lieu dont d'ailleurs j'ignore tout. Je ne voudrais manquer de l'atteindre au matin du jour de l'An, car le destin de la terre de Logres en dépend, le Seigneur me soit en aide ! C'est pourquoi, Seigneur, je vous adresse ici cette prière : si jamais vous avez entendu parler de la Chapelle verte, savez-vous où elle peut bien se trouver ? Savez-vous qui est cet étrange chevalier qui la garde, dont les habits sont verts ? Il m'a fixé un rendez-vous où je le dois rencontrer, si je vis jusque-là ; et le nouvel an approche maintenant. Ha, j'aurais plus de plaisir à voir cet homme, si Dieu le veut, qu'à posséder tous les biens du monde ! Avec votre permission, il faut que je me mette en route, je n'ai plus maintenant que trois jours tout juste pour trouver la Chapelle.

Alors l'hôte dit en riant :

— Cher Monseigneur Gauvain, il vous faut rester, car je vous enseignerai, quand le moment sera venu, où se trouve la Chapelle verte. Ne soyez donc pas chagriné ; demeurez en votre lit, jeune homme, à votre aise, durant quatre jours, puis vous vous mettrez en route au premier de l'An et vous parviendrez à votre rendez-vous à mi-matin, pour faire ce qui vous plaira en cet endroit. Demeurez donc chez moi jusqu'au jour de l'An et ce jour-là on vous mettra sur votre chemin !

Alors Gauvain fut tout joyeux et rit gaiement :

— Je vous remercie de tout cœur, cher seigneur, me voici à présent au bout de mon aventure. Je resterai et ferai ce que vous souhaiterez.

L'hôte manda les dames pour qu'ensemble ils s'amusent. Ils burent et se plurent à des discussions amoureuses avec les dames. Puis l'hôte dit :

— Mon cher Gauvain, vous avez résolu de faire la chose que je demanderai, voulez-vous tenir cette promesse à l'instant même ?

— Certes, seigneur, par ma foi, répondit le loyal chevalier, tant que je resterai dans votre château, j'obéirai à vos ordres.

— Comme vous avez voyagé, repartit l'homme, cheminé de si loin et, depuis veillé bien des nuits, vous êtes sans doute bien fatigué. Voulez-vous rester dans votre chambre ? Vous y reposerez à votre aise jusqu'au matin, à l'heure de la messe, puis vous viendrez vous mettre à table quand il vous plaira, avec ma femme qui restera auprès de vous et vous réconfortera de sa compagnie, jusqu'à ce que je revienne, car j'ai des affaires qui me requièrent loin de chez moi. »

Gauvain est surpris, mais accepte cette hospitalité, d'autant plus que l'épouse de son hôte est une femme d'une grande beauté et singulièrement séduisante... Elle ne semble pas indifférente à Gauvain et, alors que le mari est parti, le lendemain elle s'introduit dans la chambre où dort le chevalier.

« Tout en riant et en parlant d'amour, comme elle le veut, Gauvain tente d'esquiver les discours trop tendres qui sortent de la bouche de son hôtesse.

Alors la dame dit au chevalier :

— Vous méritez d'être blâmé, cher Gauvain, si vous n'aimez pas la personne qui se trouve si près de vous, et qui est la plus encline à vous porter dans son cœur de toutes celles qui sont sur terre. Certes, si vous avez une douce amie qui vous plaise davantage que moi et que vous ayez engagé votre foi à cette noble dame – mais je ne saurais le croire –, ne me faites pas languir et ne cachez point la vérité par tromperie.

— Par saint Jean, dit Gauvain en souriant, je n'ai aucune amie ni n'en veux aucune à présent.

— Voilà une parole, dit celle-ci, qui est la pire de toutes. Vous ne voulez aucune amie, c'est une vérité bien amère ! Allons, je me lamenterai pas, mais embrassez-moi gracieusement, et je m'en irai d'ici !

En soupirant elle se baissa et lui donna un baiser et puis s'éloigna de lui. Mais elle lui dit avant de partir :

— Mon très cher Gauvain, avant que je te quitte, donne-moi quelque chose de ta main, ne fût-ce que ton gant, que je puisse songer à toi, ami, pour alléger mon chagrin.

— Ah, sur ma foi, repartit le chevalier, puissé-je avoir ici, en retour de votre amour, ce que je possède de plus précieux au monde, car vous avez mérité, et de plein droit, bien plus grande récompense que je ne pourrais donner. Mais vous offrir un présent d'amour, Madame, cela ne servirait à rien, car il n'est pas digne de vous d'avoir en cet instant un gant pour souvenir de Gauvain. Je suis ici pour poursuivre ma quête en terre étrangère et je n'ai ni homme ni bagages pleins de choses précieuses... »

La dame rit des précautions de Gauvain, qui veille à ne pas offenser son hôte, le mari. Elle lui donne sa ceinture.

« — Refusez-vous cette soie, dit alors la dame, parce qu'elle est en elle-même de peu de prix et qu'elle le paraît ? Eh oui, elle est petite, en vérité, et sa valeur est peu de chose, mais cependant qui connaîtrait les vertus qui se cachent en elle l'évaluerait à plus haut prix peut-être. Car celui qui porte cette ceinture verte, aussi longtemps qu'il en est secrètement entouré, il n'est homme au monde qui le puisse pourfendre, car il ne peut être tué en aucune façon.

Alors Gauvain se mit à réfléchir et lui vint à l'idée que ce serait un talisman contre le péril qui lui était assigné au moment où il se rendra à la chapelle. Ah, s'il pouvait échapper et ne pas être tué, la ruse serait belle ! Alors il accepta l'offre de la dame, et elle la lui donna de grand cœur et le supplia de ne jamais dévoiler la chose mais de la cacher à son mari. Le chevalier lui dit que jamais nul n'en saurait rien, pour sûr, si ce n'est eux deux seuls. Il la remercia maintes fois ardemment et, trois fois de suite, elle l'embrassa. »

Gauvain se met en route et parvient à la Chapelle où se trouve l'effrayant chevalier vert.

« — Gauvain, dit l'homme en vert, que Dieu t'ait en sa garde ! Certes tu es le bienvenu, chevalier, en mes contrées et tu as réglé ton voyage en homme loyal : tu t'es bien rappelé le pacte conclu entre nous et, au bout de douze mois, tu viens, en ce jour de Nouvel An, finir le jeu et prendre ce qui t'est dû. Nous sommes seuls dans cette vallée, il n'y a personne ici pour nous séparer. Ôte ton heaume de ta tête et reçois ton salaire ; ne cherche pas plus de chicanes que je n'en ai soulevé moi-même quand tu me décapitas d'un seul coup.

— Non, répondit Gauvain, par Dieu qui me donna l'âme, je ne t'en voudrai pas du malheur qui peut m'arriver. Mais tiens-t'en à un seul coup, et je me tiendrai tranquille et ne ferai entendre la moindre protestation, pas un souffle.

Il pencha son col et s'inclina et montra sa nuque nue et fit comme s'il ne redoutait rien.

Puis l'homme en vert fit ses préparatifs en toute hâte, il prend sa terrible hache pour frapper Gauvain. Il la lève lestement et en laisse descendre le tranchant affilé sur le col nu. Bien qu'il frappât furieusement, il ne le blessa pas grièvement, mais fit sur le côté une entaille qui trancha la peau, si bien que le sang brillant jaillit par-dessus les épaules, jusqu'à terre. Et quand le chevalier vit son sang scintiller sur la neige, il fit un bond des deux pieds à la fois de plus d'une longueur de lance, saisit vivement son heaume et le jeta sur sa tête, et d'un mouvement d'épaules fit glisser son beau bouclier en position, tira sa brillante épée et s'écria d'un ton farouche :

— Seigneur, cesse tes simulacres. J'ai en ce lieu accepté un coup sans résistance et si tu m'en bailles un autre, je te le rendrai sur l'heure et je riposterai sans tarder, je t'en donne ma parole, et non point de main morte.

— Je n'ai pu te frapper, car c'est un mien vêtement que tu portes, cette ceinture tissée que voilà ; ma propre femme la tissa, je le sais bien. Je te connais, Gauvain, et tes jolies manières aussi. La cour que tu fis à ma femme, tout cela fut mon œuvre, je l'ai envoyée pour t'éprouver, et en vérité tu me sembles le plus parfait gentilhomme qui ait jamais marché sur ses pieds. Ainsi, sur ma foi, Gauvain dépasse tous les autres beaux chevaliers ! Vous avez été aussi très courageux en acceptant le jeu, même si, je le sais, au fond vous aviez peur de ce qui allait arriver... D'ailleurs c'est pour cela que vous avez accepté cette ceinture de ma femme, n'est-ce pas ? Je ne vous blâme pas : rien ne vaut plus que la vie !

Et Gauvain, étonné, demeura fort longtemps en silence, si accablé de chagrin qu'il criait au fond de lui-même, tout le sang de sa poitrine affluait à son visage, tant qu'il tressaillait de honte tout le temps que l'autre parla.

— Maudites soyez ensemble, couardise et convoitise ! dit-il, en vous se trouvent vice et vilenie, et la destruction de la vertu.

Il saisit la ceinture, en défit le nœud, et jeta le tout furieusement à la tête de l'homme :

— Or ça, voilà la trahison, qu'elle aille à la male heure ! Oui, par crainte de ton coup, la couardise m'a conduit à accepter ce présent, en reniant ma nature qui est largesse et loyauté, lesquelles sont le propre des chevaliers. Maintenant me voici fautif, moi qui toujours ai eu grand-peur de félonie et de traîtrise. Je vous le confesse, chevalier, toute ma conduite est coupable, laissez-moi regagner votre faveur, et après, je serai sur mes gardes.

Alors l'autre se mit à rire et dit aimablement :

— Je te tiens pour pardonné, certes ! Tu t'es confessé si bien, en reconnaissant tes fautes, et tu as fait si clairement pénitence sous le tranchant de ma lame que je te tiens pour lavé de ce péché et purifié comme si tu n'avais jamais commis forfaiture. Et je te donne cette ceinture bordée d'or, car elle est aussi verte que ma robe. Monseigneur Gauvain, tu pourras ainsi te remémorer cette joute, quand tu auras repris ton chemin parmi les princes de la Table, et ceci sera pour toi un souvenir sans reproche. »

Lancelot, le meilleur chevalier du monde

Le Livre de Lancelot du Lac, roman anonyme français du XIIIe siècle

Personnage issu de la mythologie armoricaine, Lancelot fait son apparition parmi les chevaliers du roi Arthur sous la plume de Chrétien de Troyes dans le *Chevalier à la Charrette*, entre 1177 et 1180. Meilleur chevalier du monde, il est l'amant de la reine Guenièvre, pour laquelle il souffre les affres de la passion. Lancelot est aussi un des fidèles les plus indéfectibles d'Arthur. Il symbolise les vertus humaines à leur apogée. Vers 1220, un écrivain anonyme, se cachant sous le nom de Gautier Map (pseudonyme qui sera repris par ses continuateurs) décide d'écrire un vaste roman dont Lancelot sera le centre. *Le Livre de Lancelot du Lac* est le premier volet du grand cycle en prose dit *Lancelot-Graal* qui synthétise au XIIIe siècle les aventures de la cour arthurienne. Lancelot, recueilli dans son enfance par la Dame du Lac, est à la recherche de son destin. Le Cimetière Merveilleux va lui apporter des réponses… et des énigmes.

« Lancelot et ceux qui l'avaient accueilli s'avancent dans un grand enclos fermé de hauts murs : c'était un cimetière. Il y avait là le corps de Galaad, le plus jeune des fils de Joseph d'Arimathie, conçu en Sorelice, pays qu'on rebaptisa *Galles* en son honneur, car il y fut le représentant de Notre-Seigneur Jésus-Christ. Avec lui étaient enterrés vingt-quatre compagnons.

Deux des tombes étaient exceptionnelles en raison de leurs dalles, personne ne sachant de quel matériau elles étaient faites. L'une était en surface, au centre d'un beau pré, l'autre sous terre, dans un caveau très profond. Sur celle du pré, des inscriptions disaient que celui qui l'ouvrirait délivrerait les prisonniers du Royaume sans Retour. Sur celle qui était enfouie, qu'il anéantirait les enchantements du Royaume Aventureux et que le Siège de la Table ronde trouverait sa destination. Dans la tombe du pré était la dépouille de Galaad, dans le caveau, celle de Siméon, père de Moïse dont le corps était dans la Douloureuse Tombe de la salle des Grandes Frayeurs, comme l'atteste *Le Conte du Graal*. Vous savez maintenant tout à propos des deux tombes du monastère où arriva Lancelot, le chevalier à la charrette. Il fallait aussi que celui qui les ouvrirait appartienne à une famille désignée par Dieu. On appelait ce monastère le Saint Cimetière à cause des reliques qui s'y trouvaient. Merlin avait déclaré dans ses prophéties que, dès que la tombe de Galaad serait ouverte, son corps serait emporté au pays de Galles et que les prisonniers seraient délivrés.

Lancelot vient à la première tombe et l'observe sans pouvoir dire en quoi elle est faite. Il prend la dalle, la soulève sans effort et découvre dans le tombeau le corps d'un chevalier en armes, le haubert aussi blanc que le jour où il l'enfila, le heaume et le bouclier brillants comme au jour de leur fabrication, l'épée nue contre lui, tachée de sang, et un écu d'or à croix vermeille. Il déchiffre l'inscription qui disait : « Ci-gît Galaad, le conquérant de Sorelice, le premier roi chrétien de Galles. »

Le chevalier garda la dalle soulevée, car une odeur si enivrante sortait de la tombe qu'il ne pouvait s'en détacher, et finalement, devant ce miracle, il perdit conscience. Un autre miracle se produisit quand le chevalier lâcha la dalle : elle resta ouverte comme s'il la tenait encore. Et un grand rassemblement de frères venus du pays de Galles entra alors, pour prendre la dépouille du roi qui était dans la tombe que le chevalier avait ouverte. Le prieur leur demanda comment ils avaient bien pu apprendre que la tombe était ouverte, et ils répondirent qu'une vision le leur avait révélé neuf jours auparavant. Tous crièrent au miracle !

C'est ainsi qu'on exhuma la dépouille de ce grand roi et qu'on l'amena au pays de Galles. Le chevalier allait partir lorsqu'il entend un grand bruit sortir du caveau de Siméon, avec une fumée d'une odeur insupportable. Il demande d'où proviennent la fumée et le bruit, et le prieur lui dit : « C'est l'endroit le plus dangereux et le plus effroyable qu'on ait jamais vu ! » Et il lui en raconte précisément l'histoire. « Oh, dit le chevalier, allons voir cela, je le veux ! »

On le mène donc à un souterrain complètement obscur qui finissait en escalier. Puis on le laisse, personne n'osant aller plus loin. Lui descend l'escalier jusqu'à l'endroit d'où venait le bruit. Là, il s'arrête, ébloui par une clarté d'origine inconnue, comme quelqu'un qui débouche à la lumière. Bientôt, la vue lui revint : il vit qu'il était dans une pièce avec, au milieu, une tombe bien plus grande encore que celle qu'il venait d'ouvrir. Des flammes en jaillissaient de partout, plus hautes que des lances, et empestaient l'air de la tombe.

Le chevalier s'arrête, saisi de peur, mais il n'est pas au bout de ses surprises : soudain il entend une voix sortir de la tombe, plus horrible que celles qu'il avait entendues jusque-là, hurlant et gémissant épouvantablement. Effrayé, il ne put s'empêcher de reculer.

Parvenu à l'escalier, il s'arrête et se met à réfléchir. Il est déçu et soupire, maudissant l'heure de sa naissance : « Quelle honte, mon Dieu ! » Et il décide de retourner sur ses pas, près de la tombe, se couvrant le visage de son écu pour se protéger des flammes.

Quand il fut tout proche, il entendit la voix de la tombe crier : « Va-t'en ! Tu n'as ni les moyens ni la permission d'achever cette aventure. »

— Et pourquoi ?

— Je te le dirai quand tu m'auras dit pourquoi tu as dit : « Quelle honte, mon Dieu ! » Allez, dis-le, ne me mens pas.

— Eh bien, je l'ai dit parce que je crois avoir trahi mes compagnons. Ils me prennent pour le meilleur des chevaliers, mais je sais que je ne le suis pas : un bon chevalier ne connaît pas la peur.

— Tu te trompes, dit la voix, tu as raison de dire qu'un bon chevalier ne connaît pas la peur, mais tu as tort de te lamenter. Il faut faire avec ses moyens. Celui qui sera le Vrai Chevalier n'est pas encore des nôtres, pourtant, il n'est pas loin. Il sera bon et beau et si pur que, dès qu'il mettra le pied ici, la flamme qui brûle mon âme et mon corps s'éteindra d'elle-même. Je te connais pourtant, toi et ceux de ton lignage. Apprends que tu as pour nom de baptême le nom du saint homme qui est là-haut, celui que tu as sorti de sa tombe. Je suis son cousin germain. Ton père t'a appelé Lancelot en souvenir de son aïeul qui s'appelait ainsi. Il sera de ton lignage celui qui me délivrera d'ici et qui prendra possession du Siège Périlleux pour achever les aventures de Bretagne. »

Cette prophétie s'accomplira lorsque naîtra le fils de Lancelot, Galaad, qui fermera la lignée des rois et trouvera le Graal.

Perceval, la voie de la perfection

Chrétien de Troyes, *Le Conte du Graal*, roman français avant 1190

Le Conte du Graal est le dernier roman, inachevé, de Chrétien. Il introduit Perceval dans la littérature, en opposant ce jeune rustre ignorant au courtois Gauvain et aux chevaliers de la Table. C'est pourtant lui qui connaîtra la première révélation du Graal.
Perceval, dont Chrétien n'a pas livré encore le nom au lecteur, est magnifiquement accueilli dans un étrange château. Timide et emprunté, le jeune homme n'ose pas demander la signification des étranges choses qui lui sont présentées.

Le jeune homme s'est tenu à l'entrée de la salle jusqu'au moment convenu pour rejoindre le maître des lieux, qui avait envoyé deux jeunes nobles le chercher. Avec eux, il pénétra dans la grande salle au sol dallé. Au milieu, il y avait un lit, où se trouvait assise un noble personnage, aux cheveux grisonnants. Sur sa tête, un chaperon en zibeline noire, où s'enroulait par-dessus un tissu de pourpre. Noire aussi était sa robe. Il se tenait appuyé sur le coude. Devant lui, un grand feu ardent, de bois sec, brillait entre quatre colonnes. Quatre cents hommes auraient bien pu s'asseoir autour du feu et trouver place tout à leur aise. C'étaient de grosses colonnes, car elles soutenaient un manteau de cheminée d'airain massif, haut et large.

Jusque devant le seigneur sont venus ceux qui lui amenaient son hôte, qu'ils encadraient chacun. Quand le seigneur l'a vu venir, aussitôt il le salue, en lui disant :

— Cher ami, ne le prenez pas mal si je ne me lève pas à votre rencontre, car je ne suis pas bien en état de le faire.

— Au nom du Ciel, monseigneur, laissez cela, dit l'autre, car je n'en suis pas affecté et je demande à Dieu pour vous joie et santé.

Tandis qu'ils parlaient de choses et d'autres, un jeune noble sortit d'une chambre, porteur d'une lance toute blanche qu'il tenait empoignée par le milieu. Il passa silencieusement entre le feu et le lit où ils étaient assis, et tous ceux qui étaient là voyaient la lance blanche et l'éclat de son fer. Il sortait une goutte de sang, à la pointe de la lance, et jusqu'à la main du jeune homme coulait cette goutte vermeille. Le jeune étranger n'avait jamais vu pareille merveille ! Cependant, malgré sa curiosité, il se retint de demander comment pareille chose advenait et ce que cela signifiait, car il lui souvenait de la leçon de celui qui l'avait fait chevalier : on lui avait bien enseigné à être modeste et à se garder de trop parler. Et s'il demandait à son hôte, peut-être serait-ce considéré comme une grossièreté ? C'est pourquoi il ne demanda rien.

Deux autres jeunes gens survinrent alors, tenant entre leurs mains des candélabres d'or pur. Sur chaque candélabre brûlaient cent chandelles pour le moins. Une demoiselle, qui s'avançait avec les jeunes gens, belle, gracieuse, élégamment parée, portait un graal [un plat creux] à deux mains. Quand elle fut entrée dans la pièce avec le graal, il se fit une si grande clarté que les chandelles en perdirent leur éclat comme les étoiles au lever du soleil ou de la lune. Derrière elle en venait une autre, qui portait un tailloir en argent. Le graal qui allait devant était de l'or le plus pur. Des pierres précieuses de toutes sortes y étaient serties, parmi les plus riches et les plus rares qui soient en terre ou en mer. Tout comme était passée la lance, ils passèrent silencieusement devant le lit, pour aller d'une chambre dans une autre.

Le jeune homme les vit passer et il n'osa pas demander qui l'on servait de ce graal, car il se souvenait des paroles de son professeur. Hélas, j'ai bien peur que le mal ne soit fait, car j'ai entendu dire qu'on peut aussi bien trop se taire que trop parler à l'occasion ! Mais quoi qu'il lui arrive, bien ou malheur, il ne pose pas de questions et ne demande rien.

Hélas, en effet, car une question de Perceval aurait permis au Graal de se dévoiler aux hommes. Le lendemain, à son réveil, le château et ses habitants ont disparu. Il apprend bientôt par un sage ermite son vrai nom, sa mission et son échec. Perceval désespéré revient à la cour d'Arthur raconter son aventure. La Table ronde se sépare à la recherche de cet objet mystérieux...

Parzifal **de Wolfram von Eschenbach, roman allemand composé vers 1200**

En se donnant pour tâche d'achever le *Conte du Graal* de Chrétien, Wolfram est le premier, dans la littérature européenne, à donner au mystérieux Graal des origines orientales. Témoignant d'une connaissance de l'islam, voire des religions extrême-orientales, comme le bouddhisme, exceptionnelle à son époque, le trouvère allemand bouleverse les traditions française et anglaise.

Le Graal est pour Wolfram un objet indescriptible qui porte le nom intraduisible de *lapis exillis*, une sorte de pierre lumineuse qui apporte l'éternité à celui qui le contemple. La communauté qui le garde est en rapport direct avec Dieu. Ce sont les chevaliers qui font régner sur terre la paix, la justice et l'ordre. Tous, femmes et hommes, sont astreints à la chasteté, sauf le roi qui ne doit épouser que celle qui lui est choisie par le ciel. Mais Amfortas, le dernier gardien, a enfreint cette coutume. Qui pourra désormais effacer la malédiction ? Le jeune Parzifal est parti en quête du Graal qu'il désire sans savoir exactement ce dont il s'agit. Un ermite le renseigne à ce sujet.

« De vaillants chevaliers ont leur demeure à Montsalvage, et qu'ils y gardent le Graal. Fréquemment ils partent à cheval, en quête d'aventure. Ce sont des Templiers qui livrent combat afin d'expier leurs péchés ; peu leur importe d'être victorieux ou vaincus ! Là vit une troupe de valeureux guerriers, et je vais vous dire comment. Leur nourriture, ils la reçoivent d'une pierre, qui en son essence est toute pureté, et si vous ne la connaissez pas, je vais vous dire son nom, on l'appelle *lapis exillis*. C'est grâce à cette pierre que le phénix se consume puis renaît de ses cendres. Oui, c'est par elle que cet oiseau éternel accomplit sa mutation pour resplendir ensuite aussi beau qu'auparavant. Il n'est point d'homme, même malade qui, s'il voit cette pierre, ne soit assuré de l'éternité. Il ne vieillit plus, il garde l'apparence qu'il avait au moment où il a vu la pierre. Que ce soit un homme ou une femme, si, dans la plénitude de ses forces, il voit la pierre, pendant deux cents ans au moins, seuls ses cheveux deviendront gris. La pierre donne à l'homme une telle force que le corps garde la fraîcheur de sa jeunesse. Cette pierre est aussi nommée le Graal. Aujourd'hui descend d'en haut un message qui lui confère sa merveilleuse vertu : aujourd'hui, le Vendredi Saint, on peut voir une colombe descendre du ciel pour apporter une petite hostie blanche. Après l'avoir déposée sur la pierre, la colombe s'envole de nouveau vers le ciel. Comme je vous l'ai dit, chaque Vendredi Saint, elle vient déposer sur la pierre ce qui lui donne la puissance d'offrir les meilleurs des breuvages et les meilleurs des mets, tout ce qu'on peut souhaiter de mieux, même au Paradis. La pierre procure aussi toute sorte de gibier. Voilà l'aide que le Graal, grâce à sa vertu merveilleuse, fournit à sa communauté de chevaliers.

Apprenez maintenant comment on reconnaît ceux qui sont appelés à servir le Graal. Sur le bord supérieur de la pierre apparaît parfois une mystérieuse inscription qui dit le nom et la lignée de ceux qui sont destinés à entreprendre ce voyage bienheureux. Ce n'est pas la peine de gratter ou de frotter, car, dès qu'on a lu le nom, l'inscription disparaît d'elle-même. Qui vit aujourd'hui adulte auprès du Graal y a été appelé enfant.

Heureuse la mère qui a mis au monde un enfant destiné à servir le Graal ! Pauvres et riches se réjouissent quand ils sont invités à envoyer leurs fils ou leurs filles rejoindre la communauté. Ils viennent de nombreux pays, et toute leur vie ils resteront auprès du Graal, à l'abri du péché. Plus tard ils reçoivent au Ciel une riche récompense. Lorsque leur vie ici-bas a pris fin, ils trouvent au Paradis la paix. Il faut aussi savoir ceci : des anges qui, dans la lutte entre Lucifer et Dieu, ne voulurent pas prendre parti ont été contraints de descendre sur terre pour garder cette pierre pure et sans tache. Je ne sais si Dieu leur a pardonné ou s'il a résolu leur perte pour toujours. En tout cas, si sa justice divine le permet, ils peuvent être rappelés à lui. Mais ils ont un devoir : avertir ceux que Dieu a désignés pour garder la pierre. Messire, voilà ce qu'est le Graal.

Il faut encore savoir ceci : il y avait en ce lieu un roi, son nom était et est encore aujourd'hui Amfortas. Prenez pitié, messire, comme je le fais, de la détresse qui lui ronge le cœur et qui fut le salaire de son orgueil. Sa jeunesse, sa puissance et un désir d'amour qui ne respecta pas la chasteté, voilà les causes des horribles tourments qui frappèrent le roi en même temps que son entourage. Une telle conduite est contraire à la loi du Graal ! Chevaliers et valets sont tenus de ne pas s'abandonner à la légèreté, car l'humilité doit toujours l'emporter sur l'orgueil. En ce château vit une noble confrérie dont les élus, par la vaillance de leurs bras, ont réussi jusqu'à ce jour à préserver le Graal contre tout envahisseur. C'est ainsi que les mystères du Graal restèrent cachés ; seuls les connaissent ceux qui ont été désignés pour rejoindre la communauté du Graal à Montsalvage. »

Parzifal comprend qu'il doit sauver le roi Amfortas et devenir le serviteur du Graal pour que la puissance de ce dernier continue à rayonner sur terre.

Galaad, l'Élu de Dieu

La Quête du Saint Graal, roman anonyme français du XIIIe siècle

Les romans autour de Galaad se développent vers 1230, hors de la tradition de Chrétien de Troyes, où ce personnage n'apparaît pas. Ils suivent les pas de Robert de Boron, désignant ce jeune homme mystérieux comme un nouveau Christ, qui sauvera la chevalerie en déclin.

Dans la *Queste du saint Graal*, Galaad, ayant reçu un triomphe à la cour d'Arthur, qui le reconnaît comme fils de Lancelot et futur maître du Graal, est parti en quête de l'aventure. Accompagné d'Yvain et du roi Baudémagus, qui règne sur le territoire de Gorre, il parvient au Cimetière Merveilleux. De riches armes sont exposées et Baudémagus est grièvement blessé en tentant de s'en saisir. Galaad au contraire porte le bouclier sans difficultés.

« Galaad dit au chevalier qui gardait l'écu :

— Messire, par cet écu que je porte sont arrivées dans ce pays maintes aventures, m'a-t-on dit. S'il vous plaît, pouvez-vous m'en dire la raison, et comment et pourquoi tout cela est advenu ? Car je ne doute pas que vous le sachiez.

— Certes, monseigneur, répondit le chevalier, je vous raconterai volontiers ce que je sais. Écoutez-moi, Galaad. Quarante-deux ans après la passion de Jésus-Christ, il advint que Joseph d'Arimathie, le noble chevalier qui détacha Notre Seigneur de la Sainte Croix, quitta Jérusalem avec nombre de ses parents. Ils marchèrent, jusqu'au moment où Notre Seigneur leur commanda d'aller en la cité de Sarraz où régnait Ewalach, un Sarrazin. À cette époque Ewalach faisait la guerre à un roi riche et puissant, son voisin, nommé Tholomer. Et il s'apprêtait à marcher sur Tholomer, qui lui voulait prendre son royaume. Mais Josèphe, le fils de Joseph d'Arimathie, lui dit qu'il serait honteusement battu s'il allait au combat aussi mal préparé qu'il l'était.

— Que me conseillez-vous ? demanda Ewalach.

— Je vais vous le dire, répondit Josèphe et il se mit à lui exposer la Nouvelle Loi, et la vérité de l'Évangile, du crucifiement de Notre Seigneur et de sa Résurrection. Puis il fit apporter un écu, et y plaça une croix faite de soie rouge.

— Roi Ewalach, dit-il, voici comment tu pourras connaître la puissance et la vertu du Christ dont je te parle. Je te le prédis : Tholomer l'emportera sur toi pendant trois jours et trois nuits, et il te conduira jusqu'à deux doigts de la mort. Mais quand tu penseras ne plus jamais en pouvoir échapper, alors découvre la croix, et dis ceci : « Christ, je porte le signe de ta mort, sauve-moi de ce péril et mène-moi sain et sauf recevoir ta foi et ta croyance. »

Là-dessus le roi s'en alla combattre. Et tout se passa comme Josèphe l'avait dit. Le roi se vit en péril de mort, il découvrit son écu et vit au milieu un homme crucifié tout sanglant. Il prononça les paroles que Josèphe lui avait apprises, et obtint la victoire. Sauvé de ses ennemis, il défit Tholomer. De retour à Sarraz il annonça à tout son peuple la vérité que lui avait apportée Josèphe, et demanda à Nascien de le baptiser. Mais à ce moment vint à passer un soldat très grièvement blessé, qui portait dans son autre main son poing coupé. Josèphe l'appela. Et sitôt que cet homme eut touché à la croix qui était sur l'écu, il se trouva guéri du poing qu'il avait perdu. Il y eut encore une autre aventure, et miraculeuse vraiment. La croix se sépara de l'écu et s'attacha au bras de cet homme de sorte que jamais on ne la revit sur l'écu. Alors Ewalach reçut le baptême et devint le sergent de Jésus-Christ qu'il ne cessa plus d'aimer et de révérer. Et il fit très précieusement conserver l'écu.

Ensuite Josèphe et son père quittèrent Sarraz et vinrent en Grande-Bretagne, où un roi félon et cruel les emprisonna avec un grand nombre d'autres chrétiens. Josèphe en prison, la nouvelle s'en répandit très vite, car il n'y avait pas d'homme au monde qui eût alors une plus haute réputation et bientôt le roi Ewalach le sut. Avec Nascien, devenu son beau-frère, il convoqua tous ses vassaux et, se portant en Grande-Bretagne contre ce roi qui gardait Josèphe en prison, il le dépouilla de tous ses biens, triompha de toutes les résistances et fit si bien que le pays fut acquis à la sainte chrétienté. Tous les deux aimaient tant Josèphe qu'ils restèrent avec lui, l'accompagnant dans tous ses voyages. Et quand Josèphe fut sur son lit de mort, et qu'Ewalach eut compris qu'il allait quitter ce monde, il vint à son chevet et, pleurant amèrement, il lui dit :

— Mon cher ami, vous me laissez, et moi qui ai abandonné par amour pour vous mon royaume et la douceur de ma patrie, je vais rester seul dans ce pays. Par Dieu, puisqu'il faut que vous quittiez ce monde, laissez-moi un signe qui me fasse souvenir de vous quand vous serez mort.

— Sire, dit Josèphe, oui, je vais te donner ce signe. Roi Ewalach, fais apporter cet écu que je t'ai donné quand tu partis pour combattre Tholomer.

Le roi lui dit qu'il le ferait volontiers, car cet écu l'accompagnait en tous lieux. On l'apporta près de Josèphe et l'agonisant saignait du nez si fort qu'on ne pouvait étancher le sang. Alors il prit l'écu et de son sang fit cette croix que vous voyez là. Car cet écu que voici est celui-là même dont je vous parle. « Je vous le laisse », dit Josèphe au roi, vous ne le verrez plus sans penser à moi, puisque, vous le savez, cette croix est de mon sang. Et elle sera toujours aussi fraîche que maintenant et aussi rouge tant que cet écu durera. Il durera longtemps, car nul ne pourra jamais s'en armer qu'il ne le regrette, sauf Galaad, le Vrai Chevalier, le dernier du lignage de Nascien. Que nul n'ait donc la hardiesse de le prendre avant celui auquel Dieu l'a destiné.

— Puisqu'il en est ainsi, dit Ewalach, dites-moi, s'il vous plaît, où je devrai le laisser. Car je désire fort qu'il soit placé en un lieu où le Vrai Chevalier le trouve.

— Là où sera enterré Nascien, place l'écu. C'est là que viendra Galaad, cinq jours après avoir reçu l'ordre de chevalerie.

Et voilà, Galaad ! Tout s'est accompli comme il l'avait annoncé, puisque au cinquième jour vous êtes arrivé dans cette abbaye où gît le corps de Nascien. Et c'est aussi pourquoi tant d'aventures sont advenues aux chevaliers assez présomptueux pour vouloir porter cet écu qui vous était destiné.

Ainsi parla le chevalier, puis il se dissipa dans les airs sans que Galaad puisse comprendre ce qu'il était devenu. »

Galaad fait disparaître les unes après les autres les malédictions qui pèsent sur le royaume. Il lui faut ensuite retrouver Perceval et Bohort. À eux trois ils achèveront la quête du Graal.

Le crépuscule de la chevalerie : la fin de la Table ronde

Les romans rédigés en France vers 1230 imaginent la fin du monde arthurien sous deux aspects apparemment opposés : le triomphe du Graal et la ruine de la Table ronde. Les deux motifs qui ont soutenu la littérature européenne pendant plus d'un siècle disparaissent dans une sorte d'apothéose.

Le triomphe du Graal et la rédemption de Galaad

La Quête du Saint Graal

« Ainsi l'aventure rassembla les trois compagnons, Perceval, Bohort et Galaad qu'elle avait auparavant séparés. Après une longue chevauchée, ils parvinrent un jour au château de Corbenyc. Quand le roi les reconnut, leur joie à tous fut grande, car ils savaient bien que leur arrivée marquerait la fin des aventures du Graal, qui avaient tant duré. La nouvelle se répandit dans la ville, tout le monde vint les voir. En reconnaissant son neveu Galaad, le roi Pellés se mit à pleurer, et les autres aussi car ils l'avaient connu dans sa petite enfance.

Après qu'ils se furent débarrassés de leurs armes, Elyézer, fils du roi Pellés, leur apporta l'Épée brisée, dont le roman a déjà parlé, celle dont Joseph fut frappé à la cuisse. Lorsqu'il l'eut tirée du fourreau et leur eut conté comment elle avait été brisée, Bohort la prit pour voir s'il pourrait en reforger les morceaux, mais peine perdue. Il la tendit alors à Perceval et lui dit :

— Seigneur, essayez d'achever cette aventure.

— Volontiers, dit Perceval.

Il prit l'épée et en joignit les deux morceaux, mais sans pouvoir les faire tenir ensemble. Alors Perceval dit à Galaad :

— Seigneur, nous avons échoué. Essayez à votre tour ; si vous n'y réussissez pas, aucun homme, je crois, n'y parviendra !

Galaad prit les deux morceaux, les ajusta et aussitôt ils se ressoudèrent si bien que personne n'eût pu reconnaître la cassure ou même supposer que l'épée eût jamais été brisée.

À cette vue, ses compagnons se dirent que Dieu leur donnait là un bel espoir, et que sans doute ils achèveraient aisément leurs autres aventures. Les habitants de Corbenyc laissèrent éclater leur joie et donnèrent l'épée à Bohort, disant qu'elle ne pouvait être mieux employée puisqu'il était un si parfait chevalier.

Mais voici que le soir venu, le temps changea et s'obscurcit ; un grand vent se leva et entra dans la salle, si chaud que certains crurent être brûlés et que d'autres furent saisis de peur. Une voix dit : « Que ceux qui ne doivent pas s'asseoir à la table de Jésus-Christ s'en aillent, car voici le temps où les vrais chevaliers vont être nourris d'une nourriture sacrée. »

À ces mots, tous se précipitèrent hors de la salle, sauf le roi Pellés, un noble de très sainte vie, Elyézer, son fils, et une jeune fille, la nièce du roi, la femme plus vertueuse qu'il y eût alors en tous pays. Avec eux demeurèrent nos trois compagnons, qui voulaient voir quelle manifestation miraculeuse leur réservait Notre Seigneur. Et voici qu'ils virent entrer par la porte neuf chevaliers armés. Ceux-ci quittèrent leurs heaumes et leurs armures puis, s'inclinant devant Galaad, lui dirent : « Seigneur, nous sommes venus en grande hâte pour nous asseoir avec vous à la table où sera partagée la nourriture sacrée. » Galaad leur répondit qu'ils arrivaient à temps, puisque lui-même et ses compagnons étaient là depuis peu. Tous s'assirent dans la salle, et Galaad leur demanda d'où ils venaient. Trois d'entre eux répondirent qu'ils étaient de Gaule, trois d'Irlande, et les trois autres du Danemark.

Tandis qu'ils discutaient, ils virent sortir d'une chambre un lit de bois, porté par quatre demoiselles, où gisait un homme qui semblait blessé et avait sur la tête une couronne d'or. Elles le déposèrent au milieu de la salle et se retirèrent. L'homme leva la tête et dit à Galaad :

— Seigneur, soyez le bienvenu. J'ai depuis longtemps désiré votre venue, tout en endurant une souffrance insupportable à tout autre. Mais, grâce à Dieu, voici venu le temps où ma peine sera soulagée, et où je quitterai ce monde ainsi qu'il m'a été promis.

Alors ils entendirent une voix qui disait : « Que ceux qui n'ont pas été compagnons de la Quête du Saint Graal sortent d'ici ; ils n'ont pas le droit d'y demeurer plus longtemps. » Aussitôt le roi Pellés, son fils Elyézer et la jeune fille quittèrent la salle. Il ne resta plus que les compagnons de la Quête. Ils crurent alors voir descendre du ciel un homme, vêtu comme un évêque, la crosse à la main et la mitre sur la tête. Quatre anges qui le portaient sur un siège splendide le déposèrent auprès de la table où était le Saint Graal. L'homme qui ressemblait à un évêque portait sur son chapeau une inscription qui disait : « Voici Josèphe, premier évêque que Notre Seigneur a consacré, dans la cité de Sarraz, au Palais du Saint Esprit. » Les chevaliers pouvaient lire ce texte, mais ils se demandaient avec surprise ce qu'il pouvait signifier, puisque ce Josèphe était supposé mort depuis plus de trois cents ans. L'homme se mit à leur parler :

— Ah, chevaliers de Notre Seigneur, soldats de Jésus-Christ, ne vous étonnez pas de me voir devant vous comme je suis auprès de ce Saint Vase : de même que je le servis quand j'étais une créature terrestre, de même je le sers maintenant en esprit.

Et voici qu'ils virent sortir du Saint Vase un homme, entièrement nu, dont les pieds et les mains et le corps saignaient. L'apparition leur dit :

— Mes chevaliers, mes soldats, mes chers fils, vous qui dans cette vie mortelle êtes déjà devenus des créatures spirituelles, vous qui m'avez tant cherché, je ne puis plus me cacher à vos yeux. Il convient que vous connaissiez une part de mes secrets, puisque vos exploits vous ont menés jusqu'à ma table, là où aucun chevalier ne s'est assis depuis le temps de Joseph d'Arimathie. Certains, il est vrai, ont été de bons serviteurs, et ils ont été nourris de la grâce du Saint Vase. Mais ils n'ont pas vu aussi directement ce que vous allez voir maintenant. Recevez donc la haute nourriture que vous désiriez depuis si longtemps et pour laquelle vous avez subi tant de labeurs.

Il prit le Saint Vase et s'approcha de Galaad.

— Mon Fils, toi qui es l'être le plus pur de la terre, sais-tu ce que je tiens entre mes mains ?

— Non, fit Galaad, à moins que vous ne me le disiez.

— C'est, dit-il, le plat dans lequel Jésus-Christ mangea l'agneau avec ses disciples le jour de Pâques. C'est le plat qui a servi à tous ceux que j'ai jugés mes bons serviteurs. C'est le plat que jamais un incroyant n'a touché sans être foudroyé. Et parce que ce plat se donne à son *gré* aux gens vertueux, on l'appelle le Saint *Graal*. Tu as donc vu maintenant ce que tu as toujours convoité et voulu voir. Mais tu découvriras un jour encore mieux sa puissance. Sais-tu où ce sera ? Dans la cité de Sarraz, au Palais de l'Esprit Saint. Il te faut donc y aller et accompagner ce Saint Vase, car il partira cette nuit du royaume de Logres où on ne le reverra jamais et où n'adviendra plus aucune aventure. Sais-tu pourquoi il s'en va d'ici ? Parce qu'il n'y est pas servi et honoré. Les habitants de ce royaume ont choisi de mener une vie mauvaise, adonnée aux seuls plaisirs terrestres, alors qu'ils avaient été nourris de la grâce de ce Saint Vase. Et puisqu'ils l'ont si mal récompensé, je les dépouille de l'honneur que je leur avais accordé ! Ainsi tu t'en iras demain matin jusqu'à la mer, et tu trouveras au rivage le navire où tu as trouvé l'Épée à l'étrange baudrier. Et afin que tu ne sois pas seul, je veux que tu emmènes Perceval et Bohort. Enfin, comme je désire que tu ne quittes pas ce pays sans avoir guéri le roi Méhaignié, je t'ordonne de prendre du sang de cette lance et de lui en oindre les jambes : c'est la seule chose qui le puisse guérir.

— Hélas, Seigneur, dit Galaad, pourquoi ne permettez-vous pas que tous viennent avec moi ?

— Je ne le veux pas. Cet acte doit rappeler la présence de mes Apôtres. De même qu'ils mangèrent avec moi le jour de la Cène, de même vous mangez aujourd'hui avec moi à la table du Saint Graal. Et vous êtes douze, comme il y eut douze apôtres. Moi, je suis le treizième, qui doit être votre maître et votre berger. Et ainsi que je les ai séparés les uns des autres et que je les ai envoyés à travers le monde entier pour prêcher la vraie foi, ainsi je vous sépare les uns des autres. Tous, vous mourrez à mon service, à l'exception d'un seul d'entre vous. »

Les douze compagnons se séparent, les uns partant vers le Nord, les autres vers le Sud pour tenter de reconvertir l'Europe tombée dans l'oubli de Dieu. Galaad, portant le Graal, Bohort et Perceval quittent, comme il leur a été commandé, le royaume de Logres, c'est-à-dire l'Angleterre. Ils débarquent un jour près du Palais du Saint Esprit. Galaad y remet le Graal. Il est fait roi par les habitants.

« Au bout d'un an, au jour anniversaire du couronnement de Galaad, ce dernier se leva de bon matin et appela ses compagnons. Et, venus au Palais Spirituel, ils contemplèrent le Saint Vase. Ils virent alors un bel homme vêtu comme un évêque, à genoux devant la table ; il était entouré d'une foule d'anges, comme s'il eût été Jésus-Christ lui-même. Après être resté longtemps agenouillé, il se leva et commença la messe en l'honneur de la glorieuse Mère de Dieu. Lorsqu'il en fut au secret de la messe, après avoir ôté le voile qui couvrait le Saint Vase, il appela Galaad et lui dit : « Approche, soldat de Jésus-Christ, et tu verras ce que tu as tant désiré voir. » Galaad s'avança et regarda à l'intérieur du vase. Aussitôt il se mit à trembler, car ses yeux mortels avaient aperçu les choses spirituelles. Il tendit les mains au ciel et dit :

— Seigneur, je t'adore et te remercie d'avoir accompli mon désir, car je découvre ce que la langue humaine ne saurait décrire ni le cœur penser. Je contemple ici l'origine des grandes choses et la source de toutes les prouesses. Je vois ici les merveilles du monde... Puisqu'il en est ainsi, Seigneur, puisque vous m'avez accordé de voir ce que je désirais, je vous supplie, emportez-moi d'ici et faites-moi passer de la terre au ciel. [...]

Alors Galaad vint embrasser Perceval et Bohort, et dit : « Bohort, saluez de ma part monseigneur Lancelot, mon père, lorsque vous le reverrez. » Il revint à l'autel et se prosterna. Puis il tomba la face sur les dalles, car déjà son âme était sortie du corps. Et les anges l'emportèrent, bénissant Notre Seigneur.

Lorsque Galaad fut mort, il advint une grande merveille : ses deux compagnons virent distinctement une main qui descendait du ciel, sans qu'on aperçût le corps auquel elle appartenait. Elle alla droit au Saint Vase, le prit, prit aussi la lance et les emporta au ciel. Et ainsi plus aucun homme, si hardi qu'il fût, ne peut prétendre avoir vu depuis sur terre le Saint Graal. »

Perceval décide de rester près du tombeau de Galaad et meurt sereinement peu après. Bohort revient en Angleterre pour annoncer à Lancelot la mort de son fils. Mais, à son retour, il trouve le royaume d'Arthur tombé dans le mal et la guerre.

La chute de la Table ronde

La Mort du roi Arthur, roman anonyme français, vers 1230

C'est le dernier roman du cycle du Graal. Il forme la suite logique de la *Quête du Saint Graal.* À l'apogée chantée par les romans de *Lancelot* succède une décadence brutale. Le péché de Lancelot, malgré la rédemption de Galaad, n'a pas été pardonné. L'adultère, le meurtre, d'autres fautes plus graves encore enfouies dans le passé d'Arthur et des siens éclatent au grand jour.

« Quand Bohort arriva à la cour d'Arthur, en la cité de Camelot, revenant de la lointaine Jérusalem, il trouva beaucoup de gens qui lui firent un chaleureux accueil, car tous et toutes avaient un grand désir de le voir. Lorsqu'il eut raconté la mort de Galaad et celle de Perceval, les gens de la cour en furent très attristés ; mais ils tentèrent de se réconforter le mieux qu'ils purent. Le roi décida de faire mettre par écrit les aventures que les compagnons de la Quête du Graal avaient racontées. Après quoi, il dit : « Messeigneurs, considérez combien de nos compagnons nous avons perdus en cette quête. » Ils dénombrèrent trente-deux chevaliers manquants, tous disparus en bataille. [...]

Lancelot, quant à lui, s'était comporté chastement, suivant le conseil du prud'homme à qui il s'était confessé, lorsqu'il était en quête du Graal. Il avait entièrement renoncé à la reine Guenièvre, comme il a été dit plus haut dans le roman. Mais sitôt qu'il fut de retour à la cour d'Arthur, il ne s'écoula pas un mois qu'il fut épris à nouveau de la reine, plus qu'il ne l'avait jamais été. Il retomba dans son péché, selon son ancienne conduite. Il fit pire : il avait auparavant fauté en cachette, et personne ne s'en était aperçu ; mais, par la suite il afficha sans mesure ses sentiments pour Guenièvre. Tant et si bien qu'Agravain, le frère de Gauvain, qui n'avait jamais beaucoup aimé Lancelot et qui, plus que nul autre, épiait son comportement, s'en aperçut. Agravain acquit la certitude que Lancelot aimait la reine et commettait avec elle l'adultère et que la reine l'aimait aussi, elle qui était si belle que tout le monde s'en émerveillait. Même à cette époque, où elle atteignait bien cinquante ans, elle était une dame si resplendissante qu'on n'aurait pu trouver sa pareille au monde.

Agravain va donc insinuer lentement le doute dans l'esprit d'Arthur. Lancelot parvient à déjouer son complot, mais, assassinant Agravain, il doit aussi tuer Gaheriet, autre jeune frère de Gauvain, qui était intervenu innocemment dans la querelle. Ce double assassinat est insupportable à Gauvain, qui jure d'abattre Lancelot. Désormais la haine dresse les uns contre les autres les chevaliers de la Table ronde. Au cours d'un combat singulier, Lancelot tue Gauvain. Lancelot doit promettre de ne plus jamais revenir à la cour et se sépare de la Table ronde. Malheureusement, le malheur plane sur le royaume de Logres. Pendant l'absence du roi, Mordred a pris le pouvoir et emprisonné Guenièvre. Il avoue à celle-ci son secret : il est le fils caché d'Arthur. Celui-ci l'a engendré lors d'un rapport incestueux avec sa sœur, la magicienne Morgane, qui a utilisé ses pouvoirs pour abuser le roi. Naturellement Arthur n'en sait rien, mais Mordred le hait et a décidé de le détruire. Arthur se rappelle alors la prophétie de Merlin, qui avait annoncé la ruine de la Table ronde au lieu même où elle avait été fondée : la plaine de Salisbury.

« Ce jour-là, le roi chevaucha vers les plaines de Salisbury, sachant bien que là aurait lieu la bataille mortelle dont avaient parlé Merlin et les autres devins. Arrivé dans la plaine, il dit à ses gens de s'arrêter, car c'est là qu'il attendra Mordred. Ils obéirent à ses ordres, établirent là leur camp et se préparèrent de leur mieux au combat.

Le soir, après souper, le roi alla se promener en compagnie de l'archevêque ; jusqu'au moment où ils arrivèrent à un rocher élevé. Le roi leva les yeux et vit une inscription qui s'y trouvait gravée. Aussitôt, il tourna son regard vers l'archevêque et lui dit : « Seigneur, sans doute apercevez-vous une chose étonnante. Sur cette roche une inscription a été gravée il y a longtemps. Regardez ce qu'elle porte. » L'autre lut l'inscription qui disait : « En cette plaine doit avoir lieu la bataille mortelle par laquelle le royaume de Logres restera orphelin. »

— Sire, dit-il au roi, écoutez la signification de ce message : si vous attaquez Mordred, le royaume restera orphelin, car vous mourrez ou vous serez blessé à mort. Il n'y a pas d'autre solution. Et vous savez que ces lettres ne disent que la vérité : c'est Merlin lui-même qui les a écrites, et tout ce qu'il a dit a toujours été vrai, car il connaissait l'avenir avec certitude.

— Excellence, dit Arthur, ce que je vois aurait suffi à me faire retourner en arrière, quelles qu'eussent été mes intentions, mais je suis maintenant venu jusqu'ici. Que maintenant Jésus-Christ nous vienne en aide, car je ne m'en irai pas, jusqu'à ce que Notre Seigneur nous ait donné la victoire, à moi ou à Mordred. S'il m'arrive malheur, ce sera à cause de mon péché et de mon orgueil, étant donné que je possède plus de braves chevaliers que Mordred. »

Le roi parla ainsi, mais il était frappé des présages qui annonçaient sa mort. L'archevêque pleurait de ne pas pouvoir le détourner de la catastrophe attendue. »

La bataille de Salisbury voit l'auto-destruction de la chevalerie arthurienne : Yvain, Yon et bien d'autres meurent. Mordred et Arthur s'entretuent. Agonisant, Arthur décide de détruire Excalibur, symbole de son pouvoir.

Thomas Malory, *Le Morte d'Arthur*, roman anglais du XVe siècle

Dans l'Angleterre affaiblie par la guerre de Cent Ans, Thomas Malory synthétise les principaux traits du monde arthurien, désormais devenu un mythe européen. Il résume et traduit en moyen anglais la tradition littéraire. C'est à lui que les lecteurs anglo-saxons modernes auront recours pour assurer, au cours des siècles, la pérennité de la légende.

« — Allons, dit Arthur à Bedivere, prends Excalibur, ma bonne épée, et va jusqu'à cette rive. Là tu jetteras l'épée dans l'eau, puis tu reviendras et tu me diras ce que tu as vu.

— Sire, dit Bedivere, j'accomplirai votre ordre. Je reviens tout de suite.

Alors Bedivere partit en portant la noble épée, dont le pommeau était tout serti de pierres précieuses. Mais il se dit : Si je lance cette riche épée dans l'eau, il n'en sortira rien de bon, qu'une pure perte. Bedivere cacha donc Excalibur sous un arbre. Et vite, il revint vers le roi et lui dit qu'il avait lancé l'épée dans le fleuve.

— Et qu'as-tu vu ? dit Arthur.

— Rien, sire, que des vagues à la surface de l'eau.

— Alors tu mens, dit Arthur, repars aussitôt et fais ce que je t'ai dit. Si tu m'aimes et que tu m'estimes, n'hésite pas, jette-la.

Bedivere repartit et reprit l'épée en mains. Pourtant jeter une si belle chose lui parut péché et acte blâmable ! Alors il la cacha de nouveau et revint vers Arthur. Il lui dit qu'il avait accompli ses ordres.

— Et qu'as-tu vu ? répéta le roi

— Rien, sire, que l'eau agitée et les vagues...

— Ah, faux traître, qui m'a trahi deux fois ! Qui aurait pu croire cela de toi, Bedivere, qui disait tant m'aimer ? Toi, qu'on appelait autrefois un noble chevalier et qui me trahis maintenant par cupidité pour une épée dorée ! Pars, pars ! Ce long retard a compromis la vie qui me reste et je me sens grelotter. Si tu ne fais pas enfin ce que je t'ai ordonné, je te promets que je te tuerai de mes mains, puisque tu as préféré une riche épée à la vie de ton roi...

Bedivere courut vers la cachette de l'épée, la prit et se dirigea vers la rive. Il entoura le pommeau des liens qui servaient normalement à la fixer à la ceinture et jeta l'épée aussi loin qu'il put. Alors sortirent des flots un bras et une main. Elle se saisit de l'épée, l'agita trois fois et la brandit, puis tout disparut.

Bedivere revint vers Arthur et lui raconta ce qu'il avait vu.

— Hélas, dit le roi, aide-moi, je crains de m'être attardé trop longtemps.

Bedivere prit le roi sur son dos et l'amena près de la rive. Là il découvrit une barque qui abordait, conduite par de très belles jeunes filles. Parmi elles il y avait une reine, vêtue comme les autres d'une cape noire, et toutes crièrent et sanglotèrent quand elles virent le roi.

— Maintenant porte-moi dans la barque, dit Arthur.

Bedivere le fit glisser doucement et les filles royales le reçurent, en menant grand deuil. L'une d'elles prit la tête du roi sur ses genoux et dit :

— Cher frère, pourquoi t'es-tu ainsi attardé loin de moi ? Hélas, cette blessure à la tête sera funeste et la fièvre que tu as prise aussi.

La barque quitta la rive et Bedivere vit s'éloigner les femmes. Il pleura en disant :

— Ô sire Arthur, que va-t-il advenir de moi, maintenant que vous êtes parti et que je reste au milieu de mes ennemis ?

— Console-toi, entend-il dire encore au roi, et agis comme tu sais le faire. Je pars pour Avalon y soigner mes blessures. Si tu n'entends plus jamais parler de moi, prie pour moi.

Les filles royales pleuraient et criaient tant que c'était à faire pitié. Quand Bedivere eut perdu de vue la barque, il s'assit pour pleurer puis il partit dans la forêt. Il y erra toute la nuit et le lendemain matin il croisa sur sa route une chapelle et un ermitage. »

Là se trouve Lancelot qui, arrivé trop tard à Salisbury pour sauver Arthur, apprend sa disparition. Là se finit aussi le livre de Malory. L'original français du XIIIe siècle nous apprend l'épilogue. Guenièvre se laisse mourir dans une abbaye où elle avait trouvé refuge, pendant que son amant détruit ce qui reste du pouvoir de Mordred. Mais la Table ronde a cessé d'exister en Angleterre. Lancelot se retire dans un monastère où il s'éteint quelques années plus tard. Bohort, le dernier survivant, quitte à jamais le royaume, en laissant aux habitants le soin de reconstruire un nouveau monde.

PÉRENNITÉ DE LA TABLE RONDE

Lord Alfred Tennyson, *Les Idylles du roi* (1859)

Alfred, lord Tennyson (1809-1892), est l'un des grands poètes romantiques anglais. Il choisit pour sujet de ses œuvres des légendes arthuriennes qui fascinent les contemporains de la reine Victoria : les mythes du passé servent à la propagande royale. Cependant l'écriture à la fois sentimentale et épique, les thèmes de la gloire et de la mort introduits par Tennyson répondent à une nouvelle sensibilité culturelle, partagée par les peintres pré-raphaélites, qui ont souvent illustré les œuvres du poète.

La pièce la plus célèbre de Tennyson, *La Dame de Shalott* (1842), narre le suicide d'une dame de Camelot délaissée par Lancelot. Dans *Les Idylles du roi*, dédiées au prince Albert, mari de Victoria, Tennyson narre les combats d'Arthur pour obtenir la main de Guenièvre, qui lui assurera la souveraineté sur l'Angleterre. Les relations entre Arthur et Guenièvre sont des symboles clairs du couple royal britannique, mais le but politique du discours n'est qu'une des dimensions de cette histoire d'amour, de pouvoir et de magie.

Les vers de Tennyson ont modifié profondément la réception européenne de la légende arthurienne : Arthur et les chevaliers de la Table ronde deviennent des héros modernes, partagés entre leurs passions et leurs échecs, symboles politiques et objets de fantasmes.

Le jeune Arthur a bien du mal à s'imposer comme roi héritier d'Uter. Il cherche à gagner la main de Guenièvre, mais le père de celle-ci, le roi Léodogran, hésite à donner sa fille à ce chef encore inconnu.

Alors que le roi débattait en lui-même
Si Arthur était un enfant bâtard,
Fils posthume de Gorlois
Ou descendant d'Uther né avant terme,
S'il y avait de la vérité dans ce que
Les trois ambassadeurs lui avaient dit,
Voici qu'arriva à Cameliard
Avec Gauvain et le jeune Mordred, ses fils,
Bellicent, femme de Loth et reine des Orcades.
Et le roi lui fit fête du mieux qu'il put (et il aurait voulu faire plus)
Et il lui dit, alors qu'ils étaient à table :

« Un trône vacillant est comme glace dans les mers du Sud.
Vous venez de la cour d'Arthur. Puissent ses hommes lui donner
La victoire ! Oui, mais voyez-vous, tant d'hommes puissants le haïssent,
Et si peu nombreux sont ses chevaliers, malgré leur bravoure.
Aura-t-il assez de troupes pour s'imposer à ses ennemis ?

« Ô roi, s'écria-t-elle, je te le déclare : peu nombreux, peu nombreux, il est vrai,
Mais tous braves, ses chevaliers ne font qu'une âme avec lui.
Car j'étais près de lui lorsque mourut le cri sauvage des vassaux d'Uter,
Et qu'Arthur s'assit couronné sous le dais et que ses guerriers s'exclamèrent :
« Sois notre roi et par amour nous accomplirons ta volonté ! »
Alors le roi, d'une voix grave, avec des mots simples mais lourds d'autorité,
Les lia à lui par des serments si forts que lorsque les chevaliers adoubés se levèrent,
Beaucoup étaient plus pâles que s'ils avaient vu un fantôme,
Certains rougissant, d'autres vacillant, comme s'ils s'éveillaient
À demi aveuglés par un soleil naissant.

Mais lui parla et salua sa Table ronde
Par des termes puissants, sublimes, apaisants,
– ma langue n'est pas capable de te les répéter –
et je saisis, passant d'œil en œil à travers tout l'ordre,
Passer une semblance soudaine au roi.
Avant que cela ne cessât, à travers la croix et autour du Crucifié,
Et au-dessus d'Arthur éclata une lumière, trois rayons de flamme,
Vert et azur, chacun tombant sur l'une des trois fées
Debout, silencieuses, près du trône : les amies d'Arthur,
Grandes femmes aux doux visages le contemplant,
qui lui offriront leur aide quand il en aura besoin.

Alors je vis Merlin le magicien, dont la vaste sagesse
Et les hivers sans nombre n'ont pour but que d'être
De loyaux serviteurs de son prince.
Et près de lui se tenait la Dame du Lac
Qui sait mieux que Merlin l'art subtil de la magie,
Vêtue de blanc satin, mystique, magnifique.
Elle donna au roi une énorme épée avec une poignée cruciforme
Pour arracher les croyances païennes ; une fumée d'encens l'enveloppait
Et son visage était voilé d'une mystérieuse obscurité.
Alors on entendit, parmi les chants sacrés, retentir
Une voix comme venue des eaux, profonde comme elles, calme.
Même si les tempêtes ébranlent le monde, sur la surface agitée de l'eau,
Elle a le pouvoir de marcher, comme le fit Notre Seigneur.

Là je contemplais Excalibur portée devant le roi couronné,
L'épée surgie du sein du lac.
Et Arthur avança et la saisit – ornée de joyaux, l'ivoire d'Ur
De sa poignée éblouissant les yeux et les cœurs, sa lame si brillante
Qu'elle aveuglait les hommes... Sur une de ses faces étaient gravés,
Dans la plus vieille langue du monde, les mots : « Prends-moi ».

Mais si on regardait l'autre face, on lisait dans le langage des hommes d'aujourd'hui : « Jette-moi »...

Triste paraissait Arthur en la saisissant, mais le vieux Merlin lui déclara :

« Prends-la et bats-toi ! Le temps de rejeter l'épée est encore lointain. »

Alors le roi se saisit d'elle et c'est par elle qu'il soumettra bientôt ses vassaux.

Parsifal de Richard Wagner (1882)

Le musicien allemand Richard Wagner a rendu populaires les légendes de la Table ronde auprès du public du XIXe siècle. Il a consacré plusieurs opéras au Moyen Âge : *Tannhaüser* (1845) raconte la vie d'un trouvère du XIIe siècle, *Tristan und Isolde* (1865) reprend la légende des deux amants, *Lohengrin* (1850) s'inspire des personnages arthuriens. Le chef-d'œuvre wagnérien, *L'Anneau des Nibelungen*, est une transposition de l'épopée médiévale allemande du même nom. À cette époque, Wagner commence à écrire *Parsifal*, en synthétisant les deux livres de Wolfram von Eschenbach, *Titurel* et *Parzival*. Le dernier opéra de Wagner, le plus original et le plus complexe musicalement de sa production, est aussi un message politique, au moment où l'Allemagne s'unifie.

Le malheur règne au château de Montsalvat : le roi Amfortas est maudit. Des années auparavant, il est parti en guerre contre le mage noir Klingsor, qui menaçait le Graal. Mais Amfortas a failli : il s'est laissé séduire par Kundry, une magicienne, et a perdu la lance sacrée qui avait blessé le Christ. Klingsor s'en est emparé et a infligé une blessure inguérissable à Amfortas qui meurt peu à peu. Mais voici qu'à la cour arrive un jeune homme naïf, Parsifal. Il ne réagit pourtant pas au Graal. À l'acte II se dévoile le sinistre royaume de Klingsor. Il est parvenu à reprendre le pouvoir sur Kundry et lui demande de séduire Parsifal. Mais cette séduction a un effet inverse : au lieu de tomber amoureux de Kundry, Parsifal prend pitié d'elle, comprend la machination et décide de sauver le roi. Il affronte Klingsor et récupère la lance sacrée. Malheureusement Parsifal doit, à l'acte III, subir bien des aventures avant de pouvoir revenir auprès d'Amfortas. Celui-ci a perdu son père, Titurel, et pense de plus en plus au suicide. Il a donc caché le Graal et refuse de le dévoiler, condamnant lui-même et son pays à la mort.

[Amfortas est déposé sur le lit placé derrière l'autel du Graal. Devant l'autel, on pose le cercueil de son père Titurel.]

Amfortas :
« Mon père,
Toi béni parmi les braves,
Toi, le Juste, que les Anges soutenaient,
Toi pour qui j'aurais pu mourir,
Je suis seul la cause de ta mort !
Oh ! Toi qui vois, dans le ciel,
Le Sauveur lui-même en face,
Implore de Lui, que son sang sacré,
Que sa Grâce qui nous ranime
Et nous donne, ô frères, une vie nouvelle,
Me donne, à moi, la mort !
Mort ! Oui, mourir,
Voilà la seule grâce que je demande :
Que je sois débarrassé de cette affreuse blessure qui [m'empoisonne,
Que se taise enfin ce cœur !
Mon père, je te supplie :
Demande à Dieu : « Ô Maître, donne à mon fils la paix ! »

Chevaliers :
Fais apparaître le Graal !
Fais ton office !
Ton père l'ordonne : Tu dois obéir !

[Amfortas, pris d'un furieux désespoir, se lève d'un bond au milieu des chevaliers qui reculent.]

Amfortas :
Non, non, plus jamais !
La mort m'enveloppe déjà,
Et je devrais, moi, revenir à la vie ?
Vous êtes fous !
Qui m'obligera à vivre ?
Faites-moi donc plutôt mourir !

[Il ouvre violemment ses vêtements.]

Là, voyez, ma plaie sanglante est là !
Il m'empoisonne, ce sang qui coule.
Tirez donc vos épées et plongez-les au profond de moi,
Braves chevaliers,
Et que meurent l'homme indigne et sa douleur !
Alors seulement pour vous apparaîtra le Graal !

[Tous, respectueux et terrorisés, se sont écartés devant Amfortas. Parsifal, accompagné de Gurnemanz et de Kundry, est apparu au milieu des chevaliers sans se faire remarquer. Il s'avance, étend la lance magique et touche Amfortas au côté.]

Parsifal :
Une arme seule est sûre pour toi :
La plaie ne disparaîtra que grâce au fer qui la fit !

[Le visage d'Amfortas s'illumine et il tombe ; Gurnemanz le retient.]

Que tes crimes s'effacent, sois guéri.
Moi, je prends ici ton rang.
Bénie soit ta douleur,
Puisqu'elle m'a inspiré la pitié
Et a donné la puissance de savoir
Au faible fou que j'étais.
La Sainte Lance,
Je vous la rends ici !

[Tout le monde contemple, dans la plus grande surprise, la lance qu'il tient. Parsifal leur montre et dit avec enthousiasme :]

Ah ! Quel miracle sans pareil !
Du fer qui a fermé ta blessure
Je vois couler le sang sacré,
Avide de retrouver sa source,
Qui est là, qui coule en le Graal lui-même.
On ne peut plus en cacher la puissance :
Que paraisse le Graal hors du tabernacle !

[Parsifal gravit les marches de l'autel, les serviteurs ouvrent le tabernacle ; il prend le Graal et s'agenouille en priant. Le Graal s'allume et rayonne peu à peu. Le fond de la scène est noyé dans l'ombre tandis qu'une lueur de plus en plus forte tombe d'en haut.]

Serviteurs, jeunes gens, chevaliers :
Saint et pur miracle !
Rédemption au Rédempteur !

[Le Graal s'embrase. Du sommet de la coupole descend une blanche colombe qui s'arrête en planant sur la tête de Parsifal. Kundry, les regards attachés sur le chevalier, tombe à ses pieds et meurt. Amfortas et Gurnemanz, agenouillés, rendent hommage à leur nouveau maître. Parsifal montre le Graal et, d'un geste ample, bénit l'assemblée des chevaliers.]

Fin de l'opéra.

Italo Calvino, *Le Chevalier inexistant* (1957)

L'écrivain italien Italo Calvino donne une version moderne et pleine de dérision de la Table ronde. Auprès d'Agilulfe, chevalier qui a la particularité de ne pas exister, mais d'accomplir tout de même des prouesses, le jeune Torrismond cherche son destin. Il se sait né de l'union de sa mère avec le saint Ordre du Graal. Il cherche à éclaircir ce mystère en allant voir ce qui reste du monde arthurien.

« — Messieurs les Chevaliers..., balbutia Torrismond, excusez-moi, je me trompe peut-être, mais ne seriez-vous pas par hasard les Chevaliers du Gra... ?

— Que jamais ce nom ne sorte de ta bouche ! dit une voix derrière lui.

Un chevalier à la tête grise se tenait à son côté.

— N'est-ce pas trop déjà, que d'avoir osé troubler notre pieuse méditation ?

— Oh ! Ne m'en veuillez pas, messire. Je suis heureux d'être parmi vous car je vous ai si longtemps cherché.

— Et pourquoi donc ?

— Parce que...

L'envie de dévoiler son secret fut plus forte que la peur de commettre un sacrilège.

— Parce que je suis votre fils !

Le vénérable chevalier resta impassible.

— On ne reconnaît ici enfants ni pères, dit-il après un silence. Celui qui entre dans notre sainte Confrérie répudie tous ses liens terrestres.

Torrismond se sentit très déçu, plus que rejeté. Sans doute, il aurait préféré, de la part de ses chastes parents, une violente protestation. Il leur aurait répliqué, fourni des preuves, invoqué les liens du sang. Mais cette réponse froide, qui écartait simplement le débat, pour des raisons de principe, sans nier d'ailleurs que cela fût possible, vraiment cela le décourageait.

Il insista quand même, par acquit de conscience :

— Je n'aspire à rien d'autre qu'à être accepté pour son fils par votre sainte Confrérie. J'ai pour vous une admiration sans bornes !

— Puisque tu admires tant notre Confrérie, dit le vieux chevalier, tu ne devrais connaître qu'une ambition : être admis à en faire partie.

— Et, d'après vous, ce serait possible ? s'écria Torrismond, soudain séduit par cette perspective inattendue.

— Il faudrait d'abord t'en rendre digne.

— Et que dois-je faire ?

— Te purifier peu à peu de toute passion, et te laisser posséder tout entier par l'amour du Graal.

— Vous le prononcez bien, vous, ce mot !

— Nous, Chevaliers, oui, nous le pouvons ; mais non pas vous, les profanes.

— Dites-moi encore, messire : tout le monde ici est silencieux, vous êtes le seul à parler. Pourquoi ?

— Je suis en charge des relations publiques avec les profanes. La parole étant trop souvent, hélas, une relation coupable, les Chevaliers préfèrent s'en abstenir ; sauf bien sûr lorsque le Graal lui-même s'exprime par leur bouche.

— Expliquez-moi : que dois-je faire pour commencer ?

— Bien, tu vois cette feuille d'érable ? Une goutte de rosée y est posée. Tu vas rester sans bouger, à cette place, et fixer la goutte sur la feuille. Vas-y, concentre-toi, oublie le reste du monde. Alors tu sentiras que tu es tout entier hors de toi-même, habité par l'énergie unique et inépuisable du Graal.

Le vieil homme partit. Torrismond regarda attentivement la goutte d'eau ; il la fixait, la fixait, si bien qu'il se mit à penser à autre chose, comme ses aventures ; il aperçut une araignée qui se laissait glisser sur la feuille, il fixa, fixa l'araignée... non, il fallait regarder la goutte... et ce pied où il sentait un petit fourmillement, oh et puis zut... Il n'en pouvait plus. »

Torrismond essaie longtemps de communiquer avec le Graal, mais les chevaliers sont de vieux imbéciles, illuminés et sadiques, qui n'hésitent pas à piller les villages environnants. Torrismond s'enfuit, à la recherche d'autre chose : l'amour.

PRINCIPAUX PERSONNAGES DE LA TABLE RONDE

La plupart des personnages importants du monde arthurien ont entre eux des liens de parenté, les écrivains médiévaux insistant sur la cohérence du monde fictionnel ainsi créé.

Personnages		
Les précurseurs	**Uterpandragon**, le père Héros du *Merlin* de Robert de Boron, Uter est au départ un personnage mythologique. Le dragon est son symbole. Héritier du trône, il doit se battre contre l'usurpateur Vortigern qu'il réussit à vaincre grâce à Merlin. Le roi tombe un jour amoureux d'Ygerne, la femme d'un grand vassal. La magie de Merlin lui permet de se faire passer pour son rival et il engendre ainsi Arthur. Ce péché provoque la mort d'Uter, tué dans une embuscade.	**Merlin**, son conseiller À partir du nom d'un chef de tribu presqu'inconnu du VIe siècle, Merlin devient un personnage de druide, puis de mage. Robert de Boron lui donne une double origine : il a été engendré par la volonté des diables et de Dieu et possède donc la connaissance du passé et de l'avenir. Compagnon d'Uter qu'il aide dans toutes ses entreprises, il fonde la Table ronde, puis fait accéder Arthur au trône. D'autres romans racontent sa rivalité amoureuse avec Viviane, une fée, et comment celle-ci s'en débarrasse en l'enfermant au cœur d'un rocher pour l'éternité.
La cour d'Arthur	**Arthur** Héritier légitime d'Uter, désigné par Merlin et possesseur de l'épée Excalibur, Arthur, dont l'origine est historique,	**Guenièvre** Son nom celtique, Gwenhwyfar, signifie le « blanc fantôme ». Elle incarne selon les mythes primitifs la souveraineté

	est l'incarnation de la souveraineté parfaite, maître de la Table ronde. Il conserve la paix et la justice dans son royaume. Pourtant Arthur, né de l'adultère, n'est pas sans faute. Abusé par Morgane, il engendre incestueusement un fils maudit, Mordred, qui provoquera la ruine du royaume.	royale et, comme telle, elle accorde ses faveurs aux compagnons d'Arthur (Keu, Gauvain). Aux XIIe et XIIIe siècles, à partir de Chrétien de Troyes, la reine devient la maîtresse de Lancelot. Elle est généralement l'enjeu des désirs des chevaliers ou de leurs combats.
	Morgane, sœur d'Arthur Absente des récits celtiques concernant le mythe d'Arthur, le nom de Morgane apparaît pour la première fois dans *Erec et Énide* de Chrétien de Troyes, mais sous une forme masculine (Morgan Tut, chef des médecins d'Arthur). Morgane devient ensuite dans le cycle de *Lancelot* une redoutable magicienne – double et opposante de Merlin.	
	Keu, le plus ancien compagnon d'Arthur Son nom est issu du latin Caïus, renvoyant sans doute à une réalité historique ancienne. Dans le monde arthurien médiéval, le guerrier Keu devient le sénéchal d'Arthur et la mauvaise langue de la cour. Il symbolise le désordre au centre de l'ordre. Robert de Boron explique le couple Arthur – Keu par un lien de parenté : Keu, fils du père adoptif d'Arthur, Antor, a été élevé avec le futur roi envers qui il ressent une constante jalousie.	

La « chevalerie terrienne » (première génération)	**Gauvain**, aîné des neveux d'Arthur Il est l'héritier légitime du roi selon les antiques coutumes celtiques privilégiant la filiation matrilinéaire. Dans les contes gallois comme *Culhwch*, il est Gwalchmai (*Gwalch*, le faucon). Gauvain est de plus en plus figuré, au cours du Moyen Âge, comme un séducteur, bien éloigné des valeurs spirituelles de la cour. Sa force est liée au soleil et suit les cours de l'astre. Il est tué par Lancelot en combat singulier dans *La Mort du roi Arthur*.	**Lancelot**, amant de Guenièvre Issu de la mythologie armoricaine, Lancelot est introduit à la cour d'Arthur par Chrétien de Troyes. Il est le roi de la Bretagne continentale. Élevé par la Dame du Lac, une fée, il réunit toutes les vertus du chevalier. Le public médiéval en fait son héros préféré. Amant passionné de la reine Guenièvre (qu'il ne trompe qu'une fois, avec la fille du Roi Pêcheur, engendrant Galaad), il est gardien de l'équilibre de la Table ronde et responsable de sa destruction.
La « chevalerie célestiale » (deuxième génération)	**Perceval** Issu d'une famille noble liée au Graal, Perceval est, avec Lancelot, le personnage préféré du public médiéval européen. Ses aventures sont narrées dans toutes les langues, sous des noms différents (Parzifal, Perlesvaus, Peredur). Il est introduit par Chrétien de Troyes dans *Le Conte du Graal*. Jeune homme naïf, il symbolise d'abord l'initiation du chevalier, avant de devenir le premier Élu du Graal. Mais sa maladresse l'empêche de poser la question qui aurait permis aux hommes de découvrir les desseins divins. Futur roi du Graal dans les romans des années 1200, Perceval sera ensuite supplanté, chez les successeurs de Robert de Boron, par Galaad. Wolfram von Eschenbach fait de Perceval le père de Lohengrin et le fondateur de la lignée des ducs de Lorraine, dont est issu Godefroy de Bouillon.	**Galaad**, fils de Lancelot Issu de l'adultère, Galaad est pourtant un héros sans tache. Il intervient tardivement dans le monde arthurien. Il incarne la chevalerie « célestiale » ou spirituelle. Descendant des Rois Pêcheurs, il est l'Élu qui trouve le Graal, complète la Table ronde et meurt en contemplant les secrets de Dieu face à face.

	Bohort Compagnon de Perceval dans la chevalerie « célestiale » et cousin de Lancelot Discret et efficace, il est le dernier survivant du monde arthurien.	
Les ennemis	**Mordred**, destructeur du royaume de Logres Dans les textes latins primitifs, il n'est qu'un rival d'Arthur, sur le plan politique comme militaire. Il devient le fils incestueux d'Arthur à partir des textes de Robert de Boron. Son existence est narrée dans *La Mort du roi Arthur*.	

Principales notions et termes médiévaux

– **Amour courtois ou *fin'amor*** : Conception sociale et littéraire de l'amour comme force d'intégration du guerrier dans la société. D'origine occitane, l'amour courtois est diffusé en Angleterre par Aliénor d'Aquitaine, petite-fille du premier troubadour, le duc Guillaume de Poitiers. L'amour courtois, adultère et aristocratique, fondé sur la soumission du chevalier à sa dame, est représenté dans les romans arthuriens par la passion de Guenièvre et de Lancelot, à partir de Chrétien de Troyes. La vertu, la quête du bien et même de Dieu sont inséparables pour les esprits médiévaux de l'amour.

– **Aventure** : Dans la réalité historique des temps féodaux, l'aventure désigne l'errance de chevaliers pauvres en quête d'argent et d'emploi – et parfois de pillages. Dans le monde des romans, l'aventure est un temps d'initiation, un départ nécessaire hors de la société. Elle conduit le héros vers des épreuves militaires ou magiques, l'amenant jusqu'aux limites de lui-même. Elle apporte la connaissance de soi, la gloire militaire et la réintégration finale dans le monde civilisé. Elle est le moteur des récits. La cour d'Arthur meurt sans elle.

– **Entrelacement** : Artifice littéraire qui consiste à alterner les points de vue sur les aventures de plusieurs héros ayant lieu en même temps. Le lecteur, constamment renvoyé de l'une à l'autre, est donc tenu en haleine. L'entrelacement, qui s'oppose au récit linéaire, est l'une des grandes innovations de Chrétien de Troyes et de ses contemporains vers 1170. Cette technique de narration est aujourd'hui très utilisée dans l'art cinématographique.

– **Graal** : Chrétien de Troyes a introduit cet objet mystérieux dans son *Conte du Graal*. Cet objet, probablement issu de la mythologie celtique, est chez lui un plat creux (*graal* en ancien français) dont l'usage n'est pas spécifié. Robert de Boron en fait un calice contenant le sang du Christ. Pour Wolfram von Eschenbach, au début du XIIIe siècle, dans *Parzival*, le Graal est une pierre magique venue du ciel sur laquelle est déposée une hostie le vendredi de chaque semaine, offrande qui lui donne sa puissance magique. Il symbolise le mystère divin qui échappe aux hommes.

BIBLIOGRAPHIE SÉLECTIVE

Cette brève bibliographie a un but indicatif et introductif. Elle recense les éditions des œuvres citées dans cette anthologie ; puis indique quelques lectures particulièrement éclairantes sur les légendes de la Table ronde.

La Table ronde au Moyen Âge : les textes littéraires

Béroul, *Tristan et Iseut,* traduction P. Walter, Paris, « Lettres Gothiques », 1989.

Chrétien de Troyes, *Œuvres complètes,* traduction Charles Méla, Paris, « Lettres Gothiques », 1990.

Geoffroy de Monmouth, *L'Histoire des rois de Bretagne,* traduit du latin par Laurence Mathé, Paris, 1992.

Lancelot du Lac, Paris, 2 volumes, 1990.

La Légende arthurienne. Le Graal et la Table ronde, édition établie sous la direction de Danielle Régnier-Bohler, Paris, « Bouquins », 1989 [L'anthologie la plus complète en français moderne, accompagnée d'une excellente introduction].

Les Mabinogion, ancienne traduction française de J. Loth, Paris, 1913, nombreuses éditions anglaises modernes.

Première Continuation de Perceval, traduction par Colette-Anne Van Coolput-Storms, Paris, 1993.

La Quête du Saint Graal, traduction par Emmanuèle Baumgartner, Paris, 1999.

Robert de Boron, *Le Roman de l'histoire du Graal,* traduction par Alexandre Micha, Paris, 1995.

Robert de Boron, *Merlin,* traduction par Alexandre Micha, Paris, 1994.

Le Roman de Jaufré, dans *La Légende arthurienne. Le Graal et la Table ronde, op.cit.,* pp. 843-920.

Scènes du Graal, textes traduits et présentés par Danielle Buschinger, Anne Labia et Daniel Poirion, Paris, 1987 [anthologie sur le Graal, contenant notamment des textes allemands].

Messire Gauvain et le chevalier vert (Sir Gawain and the Green Knight). Il n'existe pas de traduction française critique de cet

ouvrage. Certains extraits sont disponibles dans les anthologies de littérature anglaise ancienne.
Thomas Malory, *La Morte d'Arthur.* Malheureusement cet ouvrage essentiel pour l'imaginaire anglo-saxon n'a pas reçu de traduction française récente. On peut se rapporter à la traduction de M. M. Dubois, *Le roman d'Arthur et des chevaliers de la Table ronde,* Paris, 1948. Les éditions en anglais moderne abondent au contraire.
Wace, *Le Roman de Brut (parties arthuriennes)*, traduction I. Arnold et M. Pelan, Paris, 1962.
Wolfram von Eschenbach, *Parzifal,* traduction française E. Tonnelat, Paris, 2 volumes, 1934.
— traduction partielle D. Buschinger, W. Spiewok et J.-M. Pastré, Paris, 1989.

La Table ronde et l'époque moderne

Calvino, Italo, *Le Chevalier inexistant,* traduction M. Javion, Paris, 1984.
Tennyson, Alfred, *Idylls of the King,* Merill Edition, New York, 1903
Le texte de *Parzifal* de Richard Wagner est généralement donné en version bilingue dans les livrets de l'opéra.
On peut compléter ces lectures par :
Gracq, Julien, *Au Château d'Argol,* Paris, 1938
— *Le Roi Pêcheur,* Paris, 1948.

Sélection d'ouvrages critiques

Baumgartner, Emmanuèle, *De l'histoire de Troie au livre du Graal,* Orléans, 1994.
Boutet, Dominique, *Charlemagne et Arthur ou le roi imaginaire,* Paris, 1992.
Brasseur, Marcel, *Le Roi Arthur, héros d'utopie,* Paris, 2001.
Combes, Annie et Bertin, Annie, *Ecritures du Graal,* Paris, 2001.
Frappier, Jean, *Amour courtois et Table ronde,* Genève, 1973.
Köhler, Erich, *L'aventure chevaleresque. Idéal et réalité dans le roman courtois,* traduit de l'allemand, Paris, 1973.
Levi-Strauss, Claude « De Chrétien de Troyes à Richard Wagner », dans *Parsifal, L'Avant-Scène Opéra* n° 213.
Markale, Jean, *Le Cycle du Graal (La Naissance du Roi Arthur, Les Chevaliers de la Table ronde, Lancelot du Lac, La Fée Morgane, Gauvain et les chemins d'Avalon, Perceval le Gallois, Galaad et le Roi Pêcheur, La Mort du Roi Arthur),* Paris, 1992-1996, 8 vol.
— *Le Roi Arthur et la société celtique,* Paris, 1976 (rééd. 1992).
Minary, Ruth et Moorman, Charles, *Petit Dictionnaire du monde arthurien,* Rennes, 1996.

Index des noms propres et des notions

Table des matières